醫娘好神 3 完

金夕顏 著

文創風 804

目錄

第五十四章

因為睡得晚，第二天，葉紅袖直睡到日上三竿才醒。

「紅袖，這是要上山嗎？」看到葉紅袖揹起了背簍，葉氏嚇得急忙扔下了手上的藥材跑過來。「面具歹人都還沒逮到呢，妳怎麼能上山。」

「我不會一個人上山的，我找連大哥一起去，大哥的藥用完了。」

有連俊傑陪著，葉氏放心。

不巧的是，葉紅袖到了連家，連大娘和金寶告訴她連俊傑剛剛上山了，他們兩人前後腳出門進門。

連俊傑不在，她還鬱悶今天上不了山，誰知道剛出門就碰到了拿著棍棒的海生。

「你來找連大哥？」

「嗯，我爹說從今兒開始咱們村子裡的男人得輪流上山搜山。面具歹人一日不抓到，大夥兒就都別想過安生日子；剛剛已經有不少人上山了，我爹總說連大哥有本事讓我學著點，我現在就是來和他學本事的。」海生有些黝黑的臉上露出了憨憨的笑意。

「連大哥剛剛上山，咱們現在追，興許能追上，走！」

有海生陪著，聽他說村子有不少人已經上了山，葉紅袖這下也不覺得後山有危險了，便立刻拉著海生一道上山。

可惜的是，兩人在上山的途中碰到了不少搜山的村民，就是沒看到連俊傑的影子。

葉紅袖在藥田採藥的時候，海生一臉失望地坐在外頭，一會兒看看天，一會兒看看地，不時唉聲嘆氣著，遺憾得不行。

葉紅袖被他這個模樣逗笑了，停下手裡的活兒朝他看了過去。

「今天沒追上，你明天早些去找連大哥就成了，用不著這樣唉聲嘆氣。更何況本事也不是一天就能學會的，你得有加倍的耐心才行。」

「這話說得對，我爹早上才和我說既然真想學本事，就絕不能三天打魚兩天曬網，我爹要是聽到我這樣嘆氣，一定會這樣拿腳踹我，還直接把我從這裡踹下山呢！」

海生站了起來，邊說邊衝葉紅袖示範了一個踹腳的動作，還伸手指了指山腳下，示意那是他滾下去的方向。

「欸，那裡有人！」

就在他指著山下的瞬間，那裡閃過一個身影。

「哪裡？」看到海生指著山腳下大叫，葉紅袖立刻提高警覺，誰知道她才起身提起背簍揹上，海生就朝山下追了去。

「海生、海生，危險，你別追！」

葉紅袖急了，他這麼貿然追上去，要是那個閃過的身影真的是面具歹人，他怎麼可能會是對手？

「不是，紅袖姊，那人看著像是我上次在和峴村看到的那個！」海生衝她回了一句後，便加快步伐追了上去。

「和峴村？」

葉紅袖愣了。上次在和峴村，連大哥明明說他追到的是條狗，怎麼會是人呢？但這個時候由不得她多想了，立刻跟在海生的身後追了去。

兩人一路追到了和峴村的村口。

海生是想都沒想就一頭扎進了村子裡，葉紅袖卻在村口聞到了一股不尋常的氣息，細聞竟能在空氣中嗅到一絲似有若無的血腥味。

不知為何，她突然猛地想起了昨天一身血腥回到家的連俊傑。

她是能聞出他身上的血腥味不對勁，可他自己一點傷都沒受；既然他沒受傷，那怎麼會在他身上聞到人血的味道呢？

「唉呀！」

海生突然的叫聲打斷了她的思緒，她立馬也跟著扎進了村子裡。

「海生！海生！」

「紅袖姊，那邊也有個影子，我這邊也有一個，咱們分頭去追！」

站在村子岔路口的海生衝葉紅袖指了指左手邊的那條道，說完就撒腿朝右邊追去。

兩個影子？葉紅袖心裡的疑惑更深了，但都已經追到這裡，不管那個影子到底是誰，還是得追上才能弄清楚。

追去之前，她把頭上的銀簪子拔了下來，偷偷藏在袖子裡。

等順著那條道進入村子後，她特地放慢了腳步。

村子裡很靜很靜，靜得彷彿沒有任何活物存在，葉紅袖幾乎是提高了十二萬分的警戒，每走一步便小心翼翼地查看周邊的環境。

這麼戰戰兢兢地走了大概有半盞茶的功夫，村子裡別說是人影了，就是蚊子都沒找到。

就在她放鬆了警惕的瞬間，村子正中央的水井旁，出現了一個熟悉的身影。

不是別人，正是她追了一大早都沒追上的連俊傑。

「連——」

她原本想要伸手衝他打招呼，但又突然改了主意。自己突然出現在他面前給的驚喜，他肯定會更喜歡。

於是，她躲在一塊殘壁後，偷偷打量著他。

連俊傑站在水井邊，先是一臉警覺地四處打量了一遍，待確定周邊沒什麼情況後，提桶打了一桶水。

葉紅袖的視線一直緊緊落在他的身上，起先是笑著的，可等他把水桶從水井裡提出來後，她臉上的笑意瞬間凝結了。

她沒有眼花，也沒有看錯，連俊傑提著水桶的雙手沾滿了鮮血。

她再次想起了昨天他回家時滿身鮮血的樣子，還有那聞起來不對勁的血腥味。

葉紅袖的眉頭立刻蹙了起來。她萬萬沒有想到，他竟然也有事瞞著自己……

連俊傑提著水桶轉身離開的時候，她立馬小心翼翼地跟上。

他的本事她是知道的，所以不敢靠得太近，怕會被發現。

悄悄跟在他身後繞了好幾圈後，才在村子裡一個極其不起眼的破房子前停了下來。進去之前，連俊傑仍舊警惕地掃視周邊情況，沒察覺到異常才推門，進去後，門立馬被關上。

葉紅袖躡手躡腳地走到房子前，將房子打量了一下。門牆都是好的，想要從這裡探到裡面的情況怕是難，於是她轉身繞到了房子的後頭，想要看看能不能從別的地方窺探到屋裡情況。

還真是巧，她剛轉到屋後，就在牆上找到了兩塊斷磚處，從那裡往裡頭看，屋裡情況盡在眼底。

這一瞧，直接把葉紅袖嚇傻了。

一個披頭散髮、衣衫襤褸的人被綁在牆上——不，不是被綁的，他舉起緊貼在牆壁上的雙手手掌都各有一枚堅硬的釘子，他是被生生用釘子釘在牆上的，脖子上還套著一根粗粗的鐵鍊。

旁邊的一張桌子上，堆著一堆沾滿了血的器具，有刀有匕首有箭頭，還有一個沾滿了血跡的老虎鉗和榔頭。

被綁著的那人低垂著頭，估計是暈過去了。他身上，尤其是胸前，全都是被抽打的傷痕，身上被抽打破的衣裳，不停滴滴答答往下淌著鮮血。

連俊傑提著水桶走到他面前，提起水桶，直接朝他的臉上潑了過去。

「呼……」

昏迷的那人立馬被激醒。

連俊傑面無表情地把手裡的水桶放下。

慢悠悠醒來的那人，盯著拷打自己的連俊傑好一會兒後，突然開口笑了起來。

「這就是你的本事嗎……哈哈哈，哈哈哈……」

他一笑，葉紅袖嚇得腿都軟了。她從來沒有聽過這麼讓人頭皮發麻的笑聲。

「剛剛的那些，都只是開胃菜，你先熬過再說吧！真正生不如死的滋味，你還沒嘗到呢！」

連俊傑冷聲開口，隨後拔出自己腰間的短刀，對著那人的胸膛剮下去的同時，拿了一塊沾滿血的帕子塞進他的嘴裡。

葉紅袖認得他手上的那把短刀，削鐵如泥，上次程天順手上的刀就被它給削斷了，她怎麼都不敢想，今天連俊傑會用它來削人骨頭。

喀嚓——

是骨頭清脆的斷裂聲。

被削的那人想叫叫不出聲，想要掙扎卻扯動了掌心的傷口，只能咬著帕子渾身抽搐著，生不如死。

看到這一幕，葉紅袖突然噁心反胃了起來。她背脊發涼，口齒生寒，完全不敢相信這一刻親眼看到的。

眼前這個下手連眼睛都不眨一下的人，眼裡只有狠戾嗜血殺戮的人是自己的連大哥嗎？

她搖頭後退，卻腳下一軟，直接跌坐在地上。

「誰——」

屋外的聲音驚動了屋內的連俊傑。

葉紅袖想也不想地爬起來轉身就跑。

連俊傑衝過來，看到的是他心頭那抹最熟悉的小身影。他錯愕了一會兒，沒想到她會出現，更沒想到她會看到這一幕。

他沒猶豫，關上門立刻追上去。

葉紅袖邊跑邊不停往後看，眼見連俊傑已經一步一步追了上來，心裡著急再加上腿軟，一個趔趄，不小心被腳下的石頭絆倒了。

原以為自己會直接摔在地上，卻沒想到撲進了一個堅實的懷裡。

被她壓在地上的連俊傑痛得倒吸了好幾口氣，他的腰正好被那塊石頭硌著了。

開。

葉紅袖嚇得小臉更白了，想要從他懷裡爬起來，可連俊傑抱在她身上的手再也不願撤

「紅袖，妳怕我了？」連俊傑粗嗄的聲音裡帶著一絲難過，看著她煞白小臉的眸子暗得厲害。「我昨天不敢告訴妳，便是因為怕妳知道了會是這樣的反應。」

葉紅袖被他抱在懷裡，聞到的是他身上再熟悉不過的味道，好似突然一下又清醒了過來，覺得這個人就是她的連大哥。

再看他眼裡，狠戾的殺戮之意早已消失不見。

怕他嗎？葉紅袖在心裡問自己。

當然不怕，他是她的連大哥，是這個世上最不會傷害她的人，她怎麼會怕？

「我不是怕你，就是突然看到那樣的情景，又看到你剛才像是換了個人的樣子，有些沒反應過來，被嚇著了。」

那樣的情景，就是她前世在電視上看著，知道是假的都會覺得不寒而慄，更何況剛才看到的這些真實畫面。

「我相信你這麼做肯定是有原因的。趕緊先起來，讓我看看你的傷。」

葉紅袖看他疼得額頭上的冷汗都出來了。

見小丫頭真沒怕自己，連俊傑才鬆了一口氣，放開摟在她身上的手，從地上爬起來。

硌在石頭上的地方青紫了一大塊，葉紅袖從背簍裡拿了些草藥出來，搗碎敷在受傷的地

方。

「連哥哥，他就是活化石嗎？」敷好了傷口後，葉紅袖蹲在他面前，柔聲輕問。

「是，他躲在牛鼻子深山，我追了一天一夜才追上。牛鼻子深山雖然危險，但還是有人會冒險進去，所以我就把他關在這裡。」

看到葉紅袖的眼裡沒有了一絲畏懼，連俊傑的心裡寬慰了許多。

在對付敵人的時候，他就是這麼個殘暴冷酷的樣子，眼裡能看到的只有殺戮、凶狠。可方才看到她拔腿就跑的樣子，嚇得他以為她這輩子都不會搭理自己了。

「那你抓到他了，為什麼不把他送去官府，而是要把他關在這裡，這麼、這麼折磨他？」

活化石固然罪該萬死，可讓他怎麼死是官府的事。她忘不掉活化石腳下一地的牙齒，還有被捂著嘴，削斷骨頭時想喊卻喊不出來，臉上生不如死的表情。

「活化石那身出神入化的喬裝隱身本事在這世上是獨一無二的，我想把他這身本事全都學下來，這要是讓戚家軍的士兵們都學會了，以後打仗的勝算會更大。可他的嘴巴嚴得很，到現在一個字都沒吐出來，還嘴硬地侮辱那些被他害死的姑娘們。」

活化石傷害了那麼多清清白白的小姑娘，又陷害大哥，這樣的敗類別說是千刀萬剮了，就是將他碎屍萬段都不為過。

「可就這樣把他關在這裡，安全嗎？」

葉紅袖有些擔憂。附近的村民是不敢來和峴村，可萬一要是闖進了不知情的外地人呢？就像她和海生，不也是稀裡糊塗地闖進來了。

「現在說起來只有這裡要安全些。牛鼻子深山雖然沒人敢進去，但妳別忘了上次有人進去拿走了妳爹留下的醫具，那裡還有很多猛獸。」

「也是。」

「先把他放在這裡關押兩天吧！等我找到更合適的地方再轉移。」

「糟了！海生！」葉紅袖這才猛地想起了一起進村的海生。「海生是和我一起進來的，他不會和我一樣已經看到了吧？」

兩人才說著，就看到拿著棍棒的海生突然呼哧帶喘地從旁邊的一個小巷子裡衝了出來，而且臉色極其難看。

「海生，你有沒有在村子裡看到什麼奇怪的東西？」

葉紅袖揪緊了心。他煞白難看的臉色，估計和自己剛才看到那個血腥的畫面差不多。

「看、看到了……」海生因為跑得太急，只說了兩個字就喘得特別厲害。

「你、你看到什麼了？」

這下不但葉紅袖緊張了，連俊傑也跟著捏了一把汗。

「一條狗，我還以為那個影子是人呢，追了好半天，才發現是條狗。真是奇了怪了，怎麼老有狗往這裡跑。」

海生記得上次在這裡，他也看到了一個影子，連俊傑去追了以後發現也是條狗。

聽聞他看到的只是狗影子，連俊傑和葉紅袖頓時鬆了一口氣。

「欸，連大哥，你怎麼在這裡？怎麼你身上還這麼多血？」海生的心思落在了突然出現在眼前的連俊傑身上。

他身上的血，看得海生一臉驚詫，隱隱覺得這個時候的他和在村子裡平常碰到的他有些不一樣，但到底是哪裡不一樣，他又說不出來。

「我在附近打獵，聽到這邊有動靜就跑過來看看，沒想到在這裡碰到你們。」

「那連大哥，你獵著什麼東西了？你用什麼獵著的啊？是刀還是箭啊？」

一心想和連俊傑學東西的海生聽到他是在打獵，還打著獵物了，立馬來了興致。看著他沾在衣裳上的血，甚至腦子裡還自動浮現出了他和凶殘獵物搏鬥的場景。

「沒什麼，就是打了兩隻野兔子，剛在河邊收拾好就趕過來了。」

「那……」

「海生，你剛剛跑得那麼急，害我還有好些藥材都沒來得及採呢！你得陪我再去藥田。連大哥早上出門匆忙，連大娘和金寶飯都沒吃呢！咱們等採了藥再去找連大哥成嗎？到時我作證，讓連大哥收你為徒，教你本事。」

為免海生留在這裡繼續追問察覺出什麼端倪，葉紅袖不但將他的話打斷了，還尋了個藉口讓他現在就跟自己離開。

「成！成！」聽到葉紅袖會幫自己，海生連連點頭。

兩人採完藥下山到連家時，連俊傑已經到家了，正在水井邊收拾他帶回來的獵物。

連俊傑很爽快地答應教海生本事，但讓海生鬱悶的是，教他基本功的竟然是院子裡追在小公雞屁股後面跑的金寶。

他低著頭，看著自己不斷在地上畫圈圈的腳，一聲不吭，一臉的不情願。

連俊傑把剝了皮除了內臟，已經洗乾淨的野兔子扔進了一旁的籃子裡，隨後把籃子塞進葉紅袖的懷裡，最後才蹙眉看向海生。

「怎麼，你不願意？」

「連大哥，你讓金寶怎麼教嘛？他自己走路都費勁呢！還要教我，這要是傳了出去，還不讓人笑掉大牙。」

「海生哥哥，我沒有走路都費勁啊！走路費勁的是老實爺爺的孫子小小老實，他有時候還連站都站不穩呢！我可比他強多了！」

一直站在旁邊的金寶，聽到海生這樣說自己，也不樂意了。

看到眼前這一高一矮，一個瞧不起小不點，一個卻覺得自己比更小的小不點要強的兩個人，連俊傑的臉黑了下來。

「金寶走路都費勁？海生，你現在就過去紮個馬步，和他比比看誰紮得穩。」

「還有你，我平常是怎麼教你的？何時教過你要和弱小者比，難不成和小小老實比，贏了你覺得很光榮？」

「爹，我……」金寶沒想到剛才的那句話會惹連俊傑不高興。

「多罰半炷香的紮馬步時間。你們兩個現在就過去蹲著，我沒說停，誰都不准停下來。」

海生和金寶見連俊傑是真的惱了，急忙朝院子中央奔去，乖乖紮起了馬步。

連俊傑還跟著過去糾正他們的姿勢，才笑著朝葉紅袖走了過去，指著她手裡的籃子開口。

「這個妳等會兒就拿回去燉了，常青和妳都需要補補，尤其是妳，太瘦了一些。」

太瘦了一些這幾個字，他用只有他們兩個人能聽到的曖昧聲調在她耳邊輕聲說著，炙熱的鼻息就噴灑在她的耳畔。

「我哪裡瘦了！」

葉紅袖伸手摸了摸自己發燙的臉，悄悄抬頭看一眼蹲在前頭的金寶和海生，怕他們會聽到。

「哪裡都瘦，就那裡不瘦。」

沒想到，連俊傑卻用更曖昧的語氣打趣了一句，還用眸子掃了一下她的小胸膛。

「你——」

這下，葉紅袖羞得都恨不能找個地縫鑽了，她氣沖沖地瞪眼，他卻笑著轉身走了。

第五十五章

葉紅袖到家的時候，驚訝地看到自家院子裡多了兩個陌生男人背影，旁邊還放著兩個擔子。一個擔子挑著的是小孩子的玩意兒，一個擔子挑的是針線胭脂水粉等女人的玩意兒。

「娘，這兩位大哥是來看病的嗎？」葉紅袖衝正在招呼他們的葉氏詢問。

「不是，紅袖，這兩位兄弟正等妳呢！你們趕緊進屋去談吧！」

讓她有些意外的是，葉氏一臉緊張，說話的時候還把那兩個男人給招呼進了堂屋。

葉紅袖一臉納悶，放下背簍、籃子跟著進了屋。

進屋後，那兩個一直背對著她的男人這才轉頭看向她。

葉紅袖看他們眉目之間有些眼熟，卻又一下子想不起來他們是誰。

「兩位大哥，你們是？」

「我是黃超。」

「我是陸生。」

「黃大哥？陸大哥？」葉紅袖一臉吃驚地看著眼前喬裝後差點認不出來的二人。不過她瞬間反應了過來。「你們是來監視程天順的？」

上次在濟世堂，郝知縣吩咐了他們要日夜監視毛喜旺和程天順。

「嗯，我們這兩天一直都在程家附近轉悠，沒看出他有什麼異常。但是，毛喜旺卻失蹤了，我們是特地來告訴你們一聲的。」

「毛喜旺失蹤了！怎麼會？」

「前天晚上他趁我們兄弟不注意的時候翻牆逃跑了，我們昨天找了一天都沒找到他的蹤跡。」

「他逃跑就更證明他心裡有鬼。他膽子小，不敢一個人有什麼行動，肯定會來找程天順。黃大哥，陸大哥，你們只要盯緊了程天順，就一定能順藤摸瓜找到毛喜旺。」

一個村子長大的，對於毛喜旺，葉紅袖還是有些了解的。

「我們也是這個意思。你們一個村子住著的，有時候比我們還要方便，所以我們希望妳也能幫著注意下。」

「兩位大哥放心，我們一定會密切注意。」

葉紅袖送兩人出門時，看到外頭閃過一個熟悉的影子。

「月紅姊！」

楊月紅回頭看了她一眼，葉紅袖被她臉上滿臉的淚水嚇到了，疾步向前詢問。

「月紅姊，怎麼了？」

「我娘不見了。」楊月紅說完就跑了。

葉紅袖忙追了過去，等跑到了村口，才從幫忙找人的李小蘭口中知道，楊五嬸突然發病跑得不見蹤影，都是拜程嬌嬌和彭蓮香所賜。

「五嬸這兩天看著心情精神都還不錯，早上還端了一盆衣裳在河邊洗，結果程嬌嬌和彭蓮香來了。也不知道她們是不是故意的，非得蹲在五嬸的旁邊，五嬸洗衣裳的時候，就不小心把她們身上的衣裳打濕了。這下這娘兒倆來勁了，指著五嬸的鼻子罵，無論我們旁人怎麼勸說都沒用。五嬸被罵得受不了，就回了她們一句，哪想到這兩個黑心肝的，當下就跳起來罵楊家斷子絕孫了，她死了連個送終的人都沒有。土蛋原本就是五嬸的心病，被這麼一罵更受不了，當下就哭著跑了，追都追不上。」

「這兩個臭娘兒們，我現在就去撕了她們的嘴！」

葉紅袖一聽，火冒三丈，捋起袖子就打算去找程嬌嬌和彭蓮香大幹一場。

「紅袖，帳可以留著以後慢慢和她們算，現在最要緊的是去找五嬸。大夥兒都找了好半天了，連個影子都沒看到。」

李小蘭拽著要去算帳的葉紅袖，她也跟著急出了一腦門子的汗。

「村子裡都找了嗎？」

「找了，都找了，可就是找不到……」楊月紅邊說邊抹淚。

「既然村子裡都找不到，那就去土蛋哥的墳頭找找，我猜她肯定在那裡。」

「唉呀，這怎麼就沒有想到呢！」

李小蘭拍了一下額頭，一行幾人立刻朝後山的小山丘奔去。

後山的小山丘可以說得上是赤門村的墓園，只要有人去世了，就都會抬去那裡葬起來。土蛋死了以後，骨灰被送了回來，楊家便將他埋在了那裡。

幾人趕到楊土蛋墳前時，大夥兒懸著的心瞬間都放了下來。

一整天都沒看到影子的葉常青，此刻正陪楊五嬸在楊土蛋的墳前。

受了刺激的楊五嬸正趴在楊土蛋的墳上嚎啕大哭。

「土蛋不要娘……娘是罪人……老楊家要斷香火了……我要下地獄……」

「五嬸，我是妳的兒子，我會給你們養老送終的。」葉常青跪在楊五嬸的身後，眼眶泛紅。

他一聽說這事，就忍著身上的傷痛奔了出來，也沒去別的地方，直奔楊土蛋的墳頭，果然在這裡找到了哭得嗓子都啞了的楊五嬸。

「楊家沒香火……我是罪人……我是罪人……」

楊五嬸似乎根本沒聽到葉常青的話，仍舊哭得聲嘶力竭。

葉紅袖她們走過去的時候，心裡都不是滋味極了。

「娘，咱們老楊家不會斷香火，妳和爹也不會沒人送終的，你們還有我呢！我不還在嗎？」

楊月紅抹了淚，跪在自己娘的面前。

楊五嬸含淚看向自己的女兒。

「是啊！你們還有我啊！我給你們招一個兒子回來好嗎？以後生的孩子和咱們姓楊，這樣咱們楊家就有香火了，妳也不會下地獄。」

楊月紅說的是招上門女婿。

「月紅……」葉常青一臉驚詫，沒料到楊月紅會說這樣的話。

「娘，咱們回家，妳自己給自己重新選個兒子成嗎？妳喜歡什麼樣的，咱們就招什麼樣的。」

楊月紅邊抹淚邊把自己的娘從地上扶起來。

聽到能重新有兒子，還能不斷了楊家的香火，楊五嬸立刻破涕為笑，邊笑著拍巴掌說好。

「月紅，我……」

「你什麼都別說了，只要我娘高興，讓我幹什麼都成。」

楊月紅說完就牽著楊五嬸走了。

葉常青看到她們離去時過於瘦削的背影，再想起楊月紅剛剛說那句話時，眼裡的寂靜無波，心裡極不是滋味。

晚上，葉紅袖、葉氏坐在桌前，邊看著飯菜邊等葉常青回來一道吃飯。

誰知道這一等，等了一個半時辰都沒見到他的蹤影。

「娘，我出去找找大哥。」

「也成，他一直不回來我心裡總是不安，但路上黑，妳自己也要小心點，我去把飯菜再熱熱。」

葉紅袖在村子裡轉悠了一圈沒見到葉常青，想了一會兒後，她朝村後的小溪邊跑去。小時候，大哥只要有心事，就會一個人晚上在溪邊散步。

在溪邊，果然看到了一個坐在地上的寬厚背影，悄悄靠近的時候，還聽到了一聲幾不可聞的嘆氣聲。

「大哥。」

「妳怎麼過來了？」

葉紅袖沒說話，挨在他身旁坐下，將頭輕輕靠在他的肩膀上。兩人一同看著波光粼粼的水面，還有倒映在水裡的月亮。

葉常青許久才緩緩開口。

「紅袖，妳想像不到戰場有多殘忍……當初從村子出發去戰場的時候，大夥兒意氣風發，都希望能卯足了勁在戰場上掙個功名回來。可等我們真正拿著刀劍上了戰場，面對那些和我們一樣有血有肉、活生生的人以後，我們所有的意氣風發就都沒了。但那是戰場，不是你死就是我死，你必須先下手為強。妳無法體會我第一次從戰場上下來，看著自己沾滿鮮血的手，有多噁心自己的心情。」

葉紅袖靜靜聽著沒開口，她知道大哥這個時候需要找個發洩。他被冤枉是叛徒，害死土蛋，害死上萬和他一起出生入死的兄弟，被關進天牢，還背負了這麼長時間的罵名。這些他放在心裡，有苦說不出，現在正好拿這個當個發洩，讓他把心裡所有的委屈、怨恨、惱怒都發洩出來。

葉常青吼出了這番話後，又低著頭不吭聲了。

「哐哐哐——」

突然傳來的震耳欲聾的銅鑼聲打斷了溪邊的安靜，兄妹二人急忙回頭。

赤門村不知何時竟然變得火光沖天，兩人幾乎是想都沒想就一同朝赤門村奔回去。

一進村，兩個人頓時傻眼了——著火的不是別人家，正是他們家。

燃燒著熊熊烈火的房子此刻已經坍塌一半了，村民們都忙著拿盆拿桶澆水救火。

在院子中央正指揮著村民救火的菊咬金，看到突然從外頭跑回來的葉常青和葉紅袖，先是嚇了一跳，隨後臉上立刻露出了一抹欣慰。

「唉呀，你們可嚇死我們了。大夥兒都還以為你們在裡屋呢！這怎麼好端端地突然就起火了呢？」

「村長，你們看到我娘了嗎？我出去的時候，我娘還在家裡呢！」

葉紅袖現在哪裡有心情和菊咬金說這些，全部心思都掛在還沒看到的葉氏身上。

「我進去找娘！」

葉常青幾乎是想都沒想就衝到了水井邊，提水將自己身上潑濕了以後，就要往火裡衝，卻被菊咬金一把攔住了。

「你先別進去！剛剛俊傑已經進去了，以為你們都在裡面呢！」才說著，就看到熊熊烈火裡躥過了一個身影。

葉紅袖已經懸到了嗓子眼的心差點直接就跳了出來。

「連大哥，我在外面，我在這裡！」她邊衝烈火大喊，一邊不停揮舞著雙手。

在裡頭的連俊傑應該是聽到她的聲音了，隨後就看他衝了出來，驚險的是他前腳才衝出來，房子就砰的一聲倒塌了。

渾身被燻得發黑、灼得發燙的連俊傑，一跑出來就衝到葉紅袖的身邊，不顧在場還有許多村民，直接將她摟進了懷裡。

他在家裡正要上炕睡覺，就聽到村民敲鑼打鼓說葉家著火了，他想也沒想就翻身下炕，以最快的速度衝了過來。

進院子後，菊咬金告訴他，葉家一個人都沒出來。

那一刻，他生平第一次嘗到了生不如死的滋味。

幾乎是本能地，他便衝了進去，腦子裡只有一個瘋狂的念頭：要找到她，一定要找到她……要是她真有什麼不測，他就和她一起葬身火海，他們說過的，要同生共死。

葉紅袖被他身上過於發燙的溫度灼得眼睛都紅了，但現在不是顧著感動的時候，她到現在都沒看到娘呢！

她推開恨不能將自己整個箍進他身體裡的連俊傑。

「連大哥，我娘呢？我娘在裡面嗎？」她詢問的時候，聲音是顫抖的。

「我進去的時候，煙太大、太濃了，我進房間沒看到人影又聽到妳的聲音，以為你們都在外面，我就出來了。」

連俊傑邊說邊將所有站在院子裡的面孔都掃了一遍，沒看到葉氏，他的心頓時涼了一半。

葉紅袖更是嚇得腿軟了下來。

「娘——娘——」

她情緒崩潰、聲嘶力竭地衝已經坍塌了的葉家祖宅哭喊起來，甚至還要衝進去，幸虧連俊傑摟在她腰間的手一直都沒撒開。

「娘——娘——」

葉常青也急了，心慌意亂地想要衝進去，卻被菊咬金拽住了。

「你現在衝進去也沒用了，只能等火滅了再去……挖……」

菊咬金的臉色很不好，說到挖的時候，聲音更是輕得和蚊子一樣。

可儘管他說得小聲，葉紅袖、葉常青還是聽到了。

葉紅袖雙腿一軟，坐在地上，她清楚這個挖字代表的是什麼。只有屍體才是挖出來的。

情緒崩潰了的她再次朝火海哭喊了起來。

「娘——娘——」

可回應她的，只有噼哩啪啦的木頭瓦片燃燒的碎裂聲。

兄妹的心此刻就和那些碎裂聲響一樣，跟著碎了。

「是我不對……我不應該留娘一個人在家的！我應該留在家裡，留在娘的身邊……」

葉紅袖要朝火海衝過去，連俊傑怕情緒崩潰的她真會做出什麼傻事來，索性再次將她整個摟進了懷裡，不敢再鬆開一點點。

葉紅袖趴在他懷裡哭得不能自已。

「是我不對，我不應該任性跑去溪邊……」

娘葬身火海，妹妹情緒崩潰，最內疚的是葉常青。他攥緊了拳頭，渾身都在顫抖，種種情緒將他淹沒，眼淚不可抑制地滾落下來。

「這好好的，怎麼突然就起火了呢？」旁邊有提著水桶幫忙的村民提出了疑問。

「對呀，你們家因著家裡有許多藥材，房子又不好，對用火是格外用心，怎麼突然好端端地就著火了呢？」

村子裡的人都知道葉家祖屋只能勉強住人，這段時間天乾物燥，大夥兒用火都是處處小心，更別說葉家了。

「我、我、我看到了！我看到是有人放火！」葉家院門口，突然有人跳著叫了起來。

立馬，院子裡所有人的視線都朝他看了過去。

「老實叔，你說什麼？你看到什麼了！」

葉常青急忙奔了過去，從地上爬起來的葉紅袖和連俊傑也跟著奔過去。

「我閨女今天帶著外孫回來，我送他們出村的時候，聽到你家附近突然有動靜，就特地過來看了兩眼。看到有人在你們家院子裡來來回回地晃悠，我也不知道她是不是在放火，可她從你家院子裡跑出來的時候，你家還沒著火呢！可等我再回來的時候，就看到你們家著火燒成這樣了。」

王老實不知道是著急還是後怕，神色難看、結結巴巴地把他看到的都說了出來。

「那你看到的到底是誰啊？」葉紅袖、葉常青異口同聲追問。

「楊五嬸！」

第五十六章

王老實的話一說出口，整個葉家院子裡能聽到的都是倒吸一口氣的聲音。

「不可能！」葉常青是最先開口的。

「不可能，不可能會是五嬸。老實叔，你肯定看錯了，不可能會是五嬸的。」

葉紅袖連連搖頭，不相信王老實的話，也不願相信自己聽到的。

「常青、紅袖，我真的沒有騙你們，我還聽到她小聲嘀嘀咕咕地說著什麼我家的土蛋，來見你了之類的話。我起先也沒在意，現在想著，是不是她記恨你，想要給土蛋報仇？」王老實又講出了更多細節。

可他越是說得詳細，葉紅袖、葉常青兩人的臉色越是難看。

「不可能會是她！」兩兄妹還是堅持不可能會是楊五嬸。

葉紅袖永遠記得那個矇矇亮、還下著大雨的早上，她把摘來的野果子放在自家門口，然後偷偷躲在院門外偷看的情景。

她雖然腦子不清楚，可她知道念恩感恩，不可能會做出這樣喪心病狂的事情來。

葉常青更不相信。他跪在楊五嬸面前賠罪的時候，楊五嬸雖然哭得傷心，神智也不清楚，可她每次拍打他的時候，好像都顧念著他身體有傷，都沒下重手。

這樣的楊五嬸，讓他們怎麼相信放火的人是她。

「怎麼就不可能了？早上她可是受過刺激的，她原本是有兒子的，兒子死了還被人指著鼻子罵他們老楊家斷了香火，沒有兒子送終，死了會下地獄。她本就是個腦子不清楚的，這次被刺激了一下，可不就什麼事都做得出來了？」

靠在葉家門口說這番風涼話的，是趕來看熱鬧的王二妹。

她起先聽到村子裡有人家著火了，也是想都沒想就拉著自己的男人翻身下炕，提著水桶端著盆，想要幫忙救火的。可剛跑出院子就聽到大夥兒說著火的是葉家，這下可把她給樂壞了。

前幾天，葉紅袖拿銀簪子扎了她的喉嚨，弄得她當了好幾天啞巴，這兩天好不容易能開口說話了。於是她立刻把水桶和盆都扔了，抓了好幾把瓜子揣在兜裡，一路嗑著走了過來。

「妳胡說八道！不是我娘！」王二妹的話音剛落，就從她的身後闖了一個人影進來。正是楊月紅。「我娘早上是受了刺激，可後來已經好了，這火絕不是我娘放的！」

楊月紅急得出了一腦門子的汗，回頭看向葉紅袖和葉常青的時候，眼裡充滿了期盼，希望他們能相信自己。

「那楊月紅，妳敢現在就拉妳娘出來對質嗎？」

葉紅袖正欲開口，院門口又擠進了一個人。還真是冤家路窄，是前兩天帶人差點要掀了楊家房頂的虎子娘。

不只這些，葉紅袖在院牆外又掃到了好幾張熟悉的面孔。

「我……」

聽到虎子娘讓自己的娘出來對質，楊月紅的臉色立刻難看了起來，說話也吞吞吐吐的。

「怎麼了？妳是不敢，還是壓根兒現在就不知道妳娘在哪兒啊？」虎子娘笑了。

「什麼敢不敢的！這火不是我娘放的，不是她！」

臉色煞白，已經急出了汗的楊月紅好像刻意迴避虎子娘的話，只是不停強調這火不是自己娘放的。

離她最近的葉紅袖察覺到了她的不對勁，朝她走了過去。

「月紅姊，五嬸她……」

「楊月紅，妳得了吧！這火就是妳娘放的，吃了晚飯我就看到妳一個人賊眉賊眼地滿村子亂躥呢，說是妳娘不見了。還真是巧啊，妳娘前腳不見，後腳葉家就著火了！」

「不是，這火不是我娘放的！不是！」

楊月紅更急了，她沒想到自己去找娘的時候會正好被虎子娘看到。

吃了晚飯，她在廚房收拾，爹出門去和隔壁的老李頭商量明天去別個村找活兒幹的事，等她收拾好了出來，原本坐在院子裡的娘不見了。

想起娘在白天受過的那些刺激，她不敢耽擱，立刻出門去找。

但這時候已經晚了，村子裡的大夥兒都睡了，她只能悄悄找，怕驚醒了大夥兒。誰知道才跑到村東頭找了一半，就看到葉家的方向火光沖天。她想也沒想，立刻趕了過來，才趕到就聽見王二妹說放火的人是自己的娘。

「紅袖，常青，你們相信我，這火真的不是我娘放的！她雖然早上受刺激了，可下午我已經把她安慰好了，我還答應她，以後要是成親生了孩子，孩子的小名就叫土蛋，我娘還樂了，說她有小土蛋了。我娘都釋懷了，怎麼可能還會因為受刺激跑來放火呢！」

楊月紅最後沒法子，只能一遍遍地向葉紅袖、葉常青解釋著。

「唉呀，這下有好戲看了！」

楊月紅解釋的時候，急得眼淚都出來了，虎子娘卻突然陰陽怪氣地吐出這麼一句話，頓時所有村民的視線再次集中在她的身上。

「虎子娘，妳這個時候胡說八道什麼呢！」

徐長娟狠狠瞪了她一眼，更恨不能去撕了她的嘴。

「我哪裡胡說八道了？楊瘋子放火有人親眼看到，葉紅袖她娘現在死在裡頭也是事實，可前兒她葉紅袖還在楊家，說什麼瘋子腦子不清楚，就是殺死了人也沒關係。那是她自己親口說的話，現在她娘被那個瘋子活活燒死了，我就看她現在怎麼說？」

虎子娘說完，一臉幸災樂禍的樣子。

「紅袖、常青，你們相信我，這火真的不是我娘放的！真的不是我娘！」

楊月紅知道這個時候自己這樣的解釋很無力，可她相信他們兄妹都是聰明人，應該不會相信旁人的挑撥。

「月紅姊，妳娘呢？妳現在能把妳娘找出來嗎？」

葉紅袖自然是信的，但現在能幫楊五嬸洗清嫌疑的只有她自己，這個時候她必須出來。

「我、我不知道我娘去哪兒了……她吃了飯，抱著土蛋的枕頭在院子裡看月亮，說從現在開始要練習講故事，省得以後小土蛋真的出生了，她連個故事都講不好。可等我做完事出來，她就不見了，院子裡只有枕頭……」楊月紅說著說著，捂著臉哭了起來，心裡害怕。

「哼，不知道？我猜就是妳把妳娘藏起來了！你們楊家不是整天都在喊著什麼殺人償命嗎？既然妳娘活活燒死了他們的娘，妳又把妳娘藏了起來，妳就應該抵命。」

「對，妳要有點廉恥和良心，現在就應該一頭跳進火裡去！」

同仇敵愾的虎子娘和王二妹是越說越來勁，什麼合適不合適的話都說了出來。反正現在把事挑大是她們的目的，兩人是打算好好乘機報一把仇的。

「妳們有什麼證據證明我把我娘藏起來了，又有什麼證據證明火就是我娘放的？是妳們親眼看到了，還是親手抓到了？」

楊月紅伸手抹了淚，衝到她們面前吼了起來。

「什麼沒有證據，妳沒聽到王老實剛才都當著大夥兒的面說了嘛，他說他親眼看到妳娘放火！」

「我可沒說我親眼看到月紅的娘放火，我只說看到月紅的娘在院子裡晃悠了一陣，後面就著火了，我沒說我親眼看到了。」

王老實看事情越來越不對勁，且自己的話還被曲解了，急忙跳出來解釋。

「王老實，你怎麼現在變得不老實了呢？你剛剛明明不是這麼說的啊！」

「對啊！你剛剛明明說的是放火的是瘋婆子！」

「你們都給我閉嘴！」

忍無可忍的葉紅袖一個箭步衝到王二妹、虎子娘面前。

「憑什麼——」

正在興頭上的兩人，哪願意就這麼作罷，還欲開口，卻被站在葉紅袖身後的連俊傑給嚇到了。

兩人摸了摸鼻子，互相看了一眼，不敢再似先前那般叫囂。

「這是我們兩家的事情，什麼時候輪到妳們這些外人在這兒指手畫腳了！」

葉紅袖抹了臉上的淚，冷厲的目光從她們兩個有些得意的臉上掃過，最後目光定格在她們身後那張更陰狠得意的面孔上。

這麼巧？家裡突然失火，原本在自家院子裡的楊五嬸突然就失蹤了，在家門口晃悠的時候，還又恰好被以老實出了名的王老實看到。

現在她怎麼看都覺得一切不是單純的巧合，反倒像是巧合裡摻雜著刻意的安排，想要讓自家和楊家再次為仇，這其中得益最大的，就是他程天順。

葉紅袖冷眼和站在人群外的程天順對視了好一會兒。

程天順全程嘴角帶著陰狠的冷笑，好像就等著看葉家和楊家接下來的這場大戲怎麼唱完。

想看好戲，她就偏偏不讓他看！

葉紅袖忍著心裡的悲傷難過，回頭看向楊月紅。

「月紅姊，咱們現在的當務之急是把五嬸找出來，只有把她找出來了，事情到底是怎麼樣才能弄清楚。」

「我找到五嬸了、我找到五嬸了！」

才說著，外頭突然傳來了一個略帶興奮的男聲。

隨後就看到海生呼哧帶喘地拽著披頭散髮的楊五嬸出現在大夥兒的眼前。

「娘，妳去哪兒了？」

楊月紅率先朝自己的娘跑過去，跑到跟前才又發現了不對勁。

她的臉上手上到處都髒兮兮的，身上還能聞到一股濃烈到幾乎嗆鼻的火油味道。不僅如此，她披散的頭髮還有被灼燒過的痕跡，被海生拽著的左手手背也有一大塊燙傷。

「娘?!」楊月紅頓時傻眼了。

「月紅……月紅……」

楊五嬸一看到自己的女兒就撲了過來，雙手緊緊抱著她，單薄的身子抖如篩糠，毫無血色的臉上只有驚恐，好似今晚她才是受驚嚇最大的那個。

「娘！」

楊月紅卻是氣得一把將她推開了，隨後眼淚嘩得不受控制地滾落下來。現在就是不用問也知道，這事就是她幹的啊！

「月紅……月紅……」

楊五嬸又疾步向前，將楊月紅緊緊摟在懷裡，並將周邊所有的人都掃視了一遍，眼神由驚恐變成了警惕和敵視。

葉紅袖再次雙腿一軟，連俊傑急忙向前將她抱住。

她趴在連俊傑的懷裡，難過得說不出話來。

她滿懷希望找到楊五嬸能弄清楚真相，可她現在卻帶著讓人難以接受的真相出現。

「紅袖，妳現在看到的、以為的，可不是真的真相。」連俊傑輕拍她的背，在她耳畔輕聲開口。

葉紅袖驚詫抬頭，連俊傑再次開口提醒。「妳仔細看看楊五嬸抱著楊月紅的樣子，妳再看看，有人現在可變得更得意了。」

她抹了眼角的淚，照他的提醒仔細觀察，還真發現了不對勁。

楊五嬸緊抱著楊月紅不撒手的樣子，看著不像是要拉著她急於解釋這一切，反而更像是要保護女兒。

隨後，她的眼神再次掃到院外人群中的程天順。果然，楊五嬸出現後，他臉上陰狠毒辣的笑意更濃了。

「現在想想，早上程嬌嬌和彭蓮香在河邊刺激楊五嬸，可不是突發的偶然事件，那是有預謀的，為的就是這一刻。」連俊傑又將心裡的揣測說了出來。

他這麼一說，葉紅袖前後仔細接連著想了一遍，覺得是了。

自家和楊家重歸於好，受威脅最大的就是他程天順。她因為娘出事而悲痛欲絕，然後楊五嬸又以這樣的方式出現，心裡一時慌亂才沒想到這一層。

「海生，你在哪裡找到楊五嬸？」葉紅袖強忍心裡的悲痛，冷靜地看向菊海生。

「在祠堂裡。她躲在祠堂祖宗牌位的後面，我是看到有塊祖宗牌位倒了，過去扶起來才發現五嬸的。」海生如實地把自己遇到楊五嬸的過程說了出來。

「我就說了是瘋婆子放的火吧！你們現在都看到了，瘋婆子還知道去祠堂找火油，她現在全身都是證據，想賴也賴不掉！」

虎子娘和王二妹這下都樂了。事實擺在眼前，放火的就是楊五嬸，葉紅袖的娘就是被她活活燒死的，她們現在倒要看看葉家現在怎麼辦。

「還有，村長，這事可不能就這麼算了啊，現在這可不是只是他們兩家的事情，這事情大著呢！瘋婆子一犯病就要活活燒死人，誰知她以後會犯多少次病，會燒死多少人啊？」

「對，不能因為她是瘋子就算了，要麼現在就抓她去衙門抵命，要麼就把他們楊家趕出赤門村！反正以後我是不和瘋子同一個村的！」

可站在她們身後的村民，你看看我、我看看你，沒人敢接腔說這樣不好或者不行。王二妹和虎子娘說的正是他們所擔心的，這要是平常不小心得罪了楊五嬸，會不會落得和葉氏一樣的下場。

看到事情由葉、楊兩家順利升級成整個赤門村的事，程天順唇畔陰狠的笑意更濃了。他剛剛跑來看到葉常青、葉紅袖兄妹竟還活著站在院子裡，嚇得差點當場沒了魂。他們不是應該和葉氏一樣在裡頭被火給活生生燒死的嗎？怎麼現在卻活生生地站在眼前？

他縝密布置了那麼長時間的計劃，沒想到臨門一腳卻失策了，他氣得差點嘔血。可隨後看到葉紅袖趴在地上哭得不能自已，衝火海聲嘶力竭地喊著，甚至恨不能隨葉氏去了的情景，他心裡反而更痛快了。

原來讓人直接死的殘忍，遠不及這樣的折磨。

「娘，妳去哪兒了？妳和我說實話，火是妳放的嗎？」楊月紅這下更急了。她是相信自己的娘，可現在群情激憤，事情要是不弄清楚，是真有可能會被趕出赤門村的。

「月紅……月紅……不准碰我的月紅……誰都不准碰我的月紅……」

可楊五嬸卻像是沒有聽到女兒的質問一樣，緊摟著她不撒手，還不停在口中強調著這句旁人根本聽不懂的話。

「娘，妳告訴我，妳剛才去哪兒了？誰和妳在一起？」

楊月紅一把將她推開，氣急敗壞地怒吼了起來。

這個時候，只有和她在一起的人才能證明放火的事情和娘沒有關係。

「鬼、鬼……月紅，有鬼！鬼說要帶妳走！不行，不能帶妳走！」哪裡想到，楊五嬸開口的話越發是牛頭不對馬嘴了。

「什麼鬼不鬼的，我看她現在是知道自己燒死人了，故意在裝瘋賣傻呢！村長，你現在就趕緊把這個瘋婆娘抓去衙門，你要不動手，我們可就動手了！」

虎子娘說著就衝身後的男人使了個眼色，能報了上次的仇，她不知道多高興。

就在虎子爹捋起袖子走到楊五嬸的面前，伸手要去拽她的時候，人群外突然響起了一個驚恐的尖叫聲。

「有鬼啊——」

第五十七章

王二妹突然響起的尖叫頓時把所有人的心思都吸引了過去。

「妳瞎叫喚什麼呢?!」

站在一邊的虎子娘被嚇得最厲害，狠狠瞪了王二妹一眼。可這一瞪卻讓她發現王二妹的臉竟然不知何時變得慘白，甚至有點發青，就像死人臉一樣。

還有她直勾勾望著外頭的眼睛，就像是被鬼勾走了魂一樣。

虎子娘朝她盯著的那個方向看了過去。

夜色中，由遠而近走來了一個看著有些眼熟的身影，穿著白色衣裳，披散著頭髮。借著月光還能看到她身上的白衣裳沾了好多紅色的東西，那……那看著好像是血……

輕輕吹過的夜風將那人披散的頭髮又撩了起來，露出了她同樣沾滿血跡的臉。

「鬼啊——」虎子娘的尖叫聲再次劃破夜空。

大夥兒這下都清清楚楚看到，在月色下一步一步朝他們走來的葉氏。

「啊——」

這下，葉家院裡院外就真跟炸了鍋一樣，大夥兒都驚慌失措地喊著、跑著。

站在葉家院門口的王二妹拚盡了全力想要邁開腿，卻怎麼都邁不動，只能伸手拉住旁邊的虎子娘。

「別拽我，妳和她吵過架，我沒有，她報仇索命要找的也是妳，不關我什麼事！」

王二妹更慌，更不願撒手了。「什麼妳沒有，妳和葉紅袖的仇深著呢！她要索命的肯定是妳！」

就在兩人拉扯間，渾身沾滿血跡的葉氏已經走到了她們跟前。

「吵死了！都閉嘴！」臉上掛滿血跡的葉氏邊說邊狠狠地瞪著她們。

看到就在眼前的葉氏，王二妹和虎子娘立馬都呆愣愣地把嘴閉上了。

葉氏也只是瞪了她們一眼，隨後就朝自家院子裡走去。

「唉呀，我家怎麼著火了？」

葉紅袖幾乎不敢相信自己耳朵聽到的。

葉氏站在燃著熊熊烈火的房屋前看了好一會兒，才轉頭看向緊盯著自己，一臉震驚到不可思議的兒女。

「紅袖，常青，這是怎麼了呀？」

「娘——」

葉紅袖是哭著跑過去撲進葉氏懷裡的。

葉常青也跟著過去，將還活生生的娘緊緊抱在懷裡。

剛剛擠進了院子想要保命的村民們，一個個目瞪口呆地看著眼前這一幕。

「你們這是怎麼了呀?紅袖、常青,咱們家怎麼好端端地突然就著火了呢!」

葉氏一臉不解,把懷裡的葉紅袖推開,又看了一眼抱著自己淚流滿面的兒子。

聽著異常熟悉的聲音,再抱著她溫暖的身子,葉紅袖可以肯定,娘還好端端地活著。

「娘,妳去哪兒了?怎麼家裡發生了這麼大的事妳都不出來,嚇死我們了!」情緒很快平復下來的葉常青看向自己的娘。

「你們沒聽到小蘭大山家的豬叫得像是要宰了牠一樣嗎?」

「沒有啊!娘,妳到底去哪兒了?什麼時候出門的呀?」葉紅袖抹了淚,一臉欣喜地看著眼前還好好的娘。

「妳前腳剛走,妳小蘭嫂子就急匆匆趕來了,話都沒說就把我拽出了門。到了她家我才知道她家的老母豬難產了,剛剛才給那隻老母豬接生好,妳看,還濺了我一身一臉的血。」葉氏邊說邊指了指自己沾滿血的身上和臉。

聽聞,這下剛剛一個個瞪大了眼睛張大了嘴的村民們,瞬間放心了。

葉氏還是活生生的人,並不是來報仇索命的女鬼。

大夥兒這才想起葉氏有一門接生的好手藝,以前村裡有人生孩子,家裡母豬下崽子,幾乎都會找她。只是後來葉常青是叛徒的流言傳出來以後,大夥兒都不願接近葉家,再後來,葉紅袖又有了一手出神入化的醫術,更忘了這事了。

「村子裡敲鑼打鼓地說妳家著火了,妳一點動靜都沒聽到嗎?」

菊咬金摸了一把額頭的虛汗，朝葉氏走了過來。他也是生生被嚇出了一身冷汗，要是她早一些出現，根本不至於把大夥兒嚇成這樣。

「我剛剛不是說了嘛，小蘭家要下崽的老母豬叫得就像是要殺了牠一樣，我們又不敢走開，就在旁邊守著，我耳朵都快要被吵聾了。紅袖，常青，你們趕緊和我說說，咱家到底是怎麼著火的呀？咱們好端端的家喲……」

葉紅袖和葉常青兩人的淚才止住，葉氏的眼淚又嘩啦啦地滾了下來。

「是她！是那個瘋婆子放的火！她差點就要燒死你們一家了，你們趕緊找她算帳！」

葉氏話音剛落，回過神的王二妹和虎子娘又開始叫起來。

葉氏剛要回頭看向她們二人，就被葉紅袖拉住了。

「娘，別難過，房子沒了，咱們會有新的，最主要的是人沒事。」

葉紅袖說完，回頭冷冷瞪了一眼還想挑撥離間的二人。

「可——」

葉氏怎麼能不難過，房子裡頭有太多的回憶和感情，現在就這麼一把火都給燒沒了，她怎麼能不難過心痛？

「娘，妹妹說得沒錯。」葉常青也開口寬慰了一句。

站在一旁的楊月紅急忙拉著自己的娘走了過來。

「嬸子，是我娘——」

「月紅姊，現在證據確鑿，這件事你們楊家可得給我們葉家一個交代。」

楊月紅的話被葉紅袖冷聲打斷了。

楊月紅被她過於冰冷的眼神嚇了一跳，嘴巴張了張，卻不知道該如何開口。

讓他們家賠錢那是不可能的，他們家這些年為了給娘治病，已經負債累累了，常常都是吃了上頓沒下頓，哪裡來的錢賠給他們。

「紅袖，既然人沒事，那就算了吧！楊家的情況妳又不是不知道，更何況她前段時間才不顧自個兒的清譽在公堂上為妳大哥作證，還是算了吧。」

菊咬金不想這事再鬧大，急忙勸和。

在公堂的那次，他是打心眼裡佩服楊月紅的，竟然真敢不顧清譽地站出來，要知道那時候楊家還認定葉常青就是殺死土蛋的叛徒啊！

她能是非分明，是個難得的重情重義的好姑娘，他不想村子裡的兩個好姑娘結仇。

「這事明擺著就是楊五嬸幹的！想就這麼算了，那可不成！」葉紅袖忍笑，冷聲開口。

之所以想笑，是因為現在獨自站在院牆外的程天順，此刻臉上的表情是真如唱大戲般地精彩。

要是沒猜錯的話，他原本肯定是想借這場大火把自己一家都燒死，但沒想到的是，自己和大哥去溪邊散心了，兩個人都好好的，一點事都沒有。後來八成又想著，就算是自己和大哥沒事，娘死了，肯定會因此和楊家翻臉，結下深仇大恨，那樣他看著心裡也會舒坦。

可沒想到的是，原本以為出事了的娘現在又好端端地站在這裡。家裡的人都好好的，只有房子燒沒了，他還不得嘔死？

想就這麼嘔死那可不成！她得讓他在嘔死之前，還要把腸子都給悔青了。

「紅袖，那妳想怎麼樣？」

楊月紅低著頭，聲音抖得厲害。這事確實錯在娘，葉家找他們算帳是應該的。她現在心裡唯一慶幸的是，葉家人都沒出事，不然不管他們三個誰出了事，赤門村他們都不可能待得下去。

「火既然已經認定是五嬸放的，我們家現在燒成了這樣，想要住是不可能了，為免我們露宿街頭無處可去，月紅姊，我們住到你們家去怎麼樣？」

葉紅袖突然笑著湊到了楊月紅的面前。

「啊?!」

楊月紅目瞪口呆地看著眼前笑嘻嘻的葉紅袖，不敢相信自己聽到的。

豈止她不相信，院子裡的眾人，除了連俊傑，吃驚程度都和楊月紅不相上下。

「紅袖，妳說的是真的嗎？」挨著她們比較近的菊咬金不確定地又問了一遍。

他是真不相信自己聽到的，剛剛看葉紅袖冷冰冰地瞪著楊月紅，一副要找她算大帳的樣子，哪曉得她會突然改口說要楊家收留他們。

「當然啊！月紅姊，妳不會是嫌棄我們，不想收留我們吧？要真是這樣的話，那我們可就可憐了啊，真的沒地方去要露宿山頭了。」
葉紅袖回了菊咬金，裝出一副可憐兮兮的模樣，再次蹭到楊月紅面前。
「可……可我……」
楊月紅本就不相信，現在被她拉著胳膊這樣討好著，更不相信了。
「去、去，去我家、我家去，我家去！」
她沒反應過來，楊五嬸卻突然迫不及待開了口，還一把牽住了葉紅袖的手。
「去，現在就去！我家去……沒鬼……沒鬼……鬼怕……」她邊拉著葉紅袖邊往外拽，口中不停重複著我家去，後頭又蹦出了一句鬼。
現在她明明已經知道娘沒死，也沒鬼了，怎麼還不停念叨著鬼呀鬼的呢？
不僅如此，葉紅袖還發現她抓著自己的手抖得厲害，手心是黏膩膩的汗，像是還處在極度的驚恐中。
葉紅袖的心裡更可疑了。
想著，她已經被楊五嬸拽著到了院門口。
到了院門口，葉紅袖冷冷瞥了一眼還站在自家院門口的王二妹和虎子娘。
她們也不敢相信，葉、楊兩家這就好了，葉紅袖他們竟還要住到楊家去。
「王二妹，虎子娘，剛剛的大戲好看嗎？」
剛才她們叫囂得一個比一個厲害的場景，她可沒忘。

「我……這……」

王二妹看了葉紅袖一眼，被她過於凌厲的眸光嚇得撇過頭去，結結巴巴不知道該說什麼。

「哼……」虎子娘卻是一臉不服氣地衝她哼了一聲，轉身就要走。

「看了這麼長時間的大戲，不交點錢就想走，這世上可沒有那麼便宜的事情！」

葉紅袖邊說邊鬆開楊五嬸的手，疾步追上虎子娘，一把拽過她的髮髻，同時取下了頭上的銀簪子，想要對著她的脖頸處狠扎幾針。

但虎子娘人高馬大，轉身時心裡還有了些防備，所以葉紅袖手上的銀簪子未能如願。

可就在她差點要掙脫之際，旁邊突然躥出了一個黑色影子，直接將虎子娘撞翻在地。

是楊五嬸。

「打……打……」

不僅如此，她還乘機坐在了虎子娘的身上，黑乎乎的髒手在虎子娘的臉上邊用力抓撓著邊衝葉紅袖開口。

葉紅袖噗哧笑了出來，走過去拿著銀簪子對準虎子娘脖頸處的穴位扎了過去，虎子娘頓時仰頭發出了猶如殺豬一般的哀號聲。

一旁的王二妹見狀，瞬間嚇得臉色發白，魂都沒了，轉身欲跑，卻被一旁的楊月紅發現了。

楊月紅伸腿一絆，她猝不及防，直挺挺倒在地上，狠狠摔了個狗啃泥。

葉紅袖轉過身來，一把拽起王二妹的髮髻時，才發現她這一摔竟然摔掉了兩顆門牙，滿嘴的血止都止不住。

葉紅袖和楊月紅相視一眼，噗哧一聲笑了出來。

兩人鬆手站了起來，然後挽著各自的娘，一同走出了院子。

院外，程天順還站在原地。

「程天順，今天的這場大戲好看嗎？」葉紅袖笑嘻嘻地反問。

攥得拳頭咯吱作響的程天順，沒回話，臉色越發青得厲害。

葉紅袖這下笑得更厲害，還索性將手伸到了他面前。

「來、來，你好歹交點錢，我剛剛說了，看大戲得交錢。」

程天順冷眼看著笑得一臉燦爛的葉紅袖，仍舊沒有開口。這次不僅臉色越來越青了，額頭上的青筋也跟著跳了起來。

看到他氣得話都說不出來，葉紅袖笑得更開心了。

「不過，你不交也沒關係，這戲啊能這麼精彩，全都是你的功勞！」

「妳——」

這次，程天順終於開口發出了一個聲音。

「你還別說，我們家更得感謝你。我大哥回來了你是知道的，他這個年紀的頭等大事是娶媳婦兒，可先前我們家的房子你也看到了，不管哪個姑娘看到了都會嫌棄。我們正愁不知道該如何下手去拆呢，現在可得好好謝謝你，一把火將它燒了個精光，省了我們好多事。」

葉紅袖雖然嘴上說著感謝，臉上也笑著，可盯著他的眸光卻越來越犀利。

「我不知道妳在胡說八道什麼！」

這幾個字幾乎是程天順咬牙切齒地從口中蹦出來的，說完，他轉身走了。

一行人回到楊家後，去隔壁村的楊老五正好回來，看到自家突然多了這麼些人，嚇得來來回回往院門外跑了好幾趟，以為是自己糊塗，進錯了家門。

跟在後面來的菊咬金把事情經過仔仔細細講了一遍，聽到這火有可能是自己的傻媳婦兒放的，還證據確鑿，楊老五又生生驚出了一身冷汗。

「不過，紅袖和俊傑都說了，這事蹊蹺得很，看著像是五嬸放的，但感覺更像是栽贓。老五，你如今可看到了，葉家對你們一家也可以說得上是情深義重了，你切莫再覺得是常青害死土蛋了。」

菊咬金跟著來便是因為怕性子強的楊老五會轉不過腦子，還覺得自己兒子的死是葉常青害的。既然葉家都決定要在楊家住下來了，那肯定兩家得好起來，不然更會讓旁人看笑話。

「你放心，我雖然性子強，但也是知好歹的，好和不好心裡都知道。」

「你這樣說，我就放心了。」

葉紅袖沒事，又在楊家安頓了下來，連俊傑也徹底鬆了一口氣。

「你也早些回去吧，大娘和金寶知道我家著火了，肯定也都跟著揪心，你回去幫我報個平安。」

「好。」

家裡一老一小都在等著，連俊傑也確實不放心。

葉紅袖送他出門。兩人剛走出院子，連俊傑突然將她拽進了旁邊的小巷子裡，葉紅袖還沒反應過來，就被一個滾燙的吻給堵住了唇。

她嚇了一跳。這裡是外頭，她更怕被人看到，正要奮力將他推開，卻察覺到他抱著自己的手竟然抖得極其厲害。

不僅如此，他覆在自己唇畔上的嘴唇，甚至也在微微地顫抖。

「紅袖，妳不可以有事，知道嗎？妳不能有事，妳有事，我也活不成了！我不管妳和陳雲飛有沒有婚約，我都一定要娶妳，妳是我的，不管是生是死都是我連俊傑一個人的！」

這句話幾乎是在葉紅袖的耳畔低吼出來的。

葉紅袖愣了一下，同時疼得幾乎要喘不過氣來。不只是她的心，還有她此刻差點要被他捏碎的腰肢。她不是個怕痛和愛哭的，卻在這個時候難過地再次滾出了淚珠。

「怎麼了？我弄疼妳了嗎？」

看到她突然掉了眼淚，連俊傑嚇得急忙鬆開雙手。

葉紅袖搖頭，眼淚卻掉得更急了。

「那是我嚇著妳了？」

連俊傑突然慌了。他剛才會那樣做，是真的害怕，害怕到手足無措，不知道該如何告訴她，她對自己的重要性。

「不是。」葉紅袖仍舊搖頭。

「那是什麼？」連俊傑低聲輕問，並拿自己的袖子給她擦淚。

「我是你的，你也是我的，我們生死相隨，生生世世都不分開！」

葉紅袖主動伸手抱住他的脖頸，在他的耳畔輕聲道。

剛剛他從火海裡衝出來，房子瞬間倒塌的那一幕，嚇得她魂都沒了。她不敢想，若是在那一刻失去了他會怎麼樣……

穿越過來這麼長的時間，她生平第一次膽小了，不敢想那個可怕的場景。她寧願死，也不要親眼看到那個場景。

葉紅袖抱著他，說著說著就哭了。後知後覺的害怕和他說的話的感動，各種情緒摻雜在一起。

「好，生生世世都不分開！」連俊傑抱緊了懷裡的小身子。

這是他從她口中聽到最美的情話。

第五十八章

關上院門回到堂屋的時候，楊老五和楊月紅正在分配住房。

他們家房子雖破舊，但是很寬敞，房間有好幾間。楊老五、楊五嬸還住原來的房間，葉常青被楊月紅領進了正堂屋後的房間。

這個房間以前是土蛋住的，小時候，葉常青被他硬拽著來住過幾回，對屋裡的情況也算是熟悉。擺設和從前一樣，一張木板床，一個衣櫃，以前房裡還有張桌子的，現在沒了蹤影，估計已經被楊家賣了。

「這衣櫃裡頭的東西都是土蛋的，你可以用。還有這些衣裳，你和土蛋身形差不多，也可以穿。」

楊月紅邊說邊打開櫃門，上頭兩層擺的是土蛋以前在家裡當寶貝的玩意兒，下兩層的衣裳都洗得乾乾淨淨，疊得整整齊齊。

「時間不早了，你早些歇息吧！」楊月紅說完，端著燈便要出門。

「月紅，對不起。」

就在她邁腿跨門的瞬間，葉常青突然開口。

楊土蛋原本才是扛起楊家重擔的那個人，可現在所有的重擔都落在了她一人瘦弱的肩膀上。

他記得她從前性格活潑，很愛笑的，可這次回來後，他幾乎就沒見她笑過。

楊月紅的身子微微抖了抖，端在手裡的燈也跟著顫了顫。

許久，她才緩緩開口。「歇息吧！」

葉常青看著她離去時過於瘦削的背影，突然心疼得緊。

楊月紅出來後，正要領著葉氏和葉紅袖一同去家裡的客房，可楊五嬸卻拽著紅袖不撒手，還又抓過楊月紅的手，將兩人的手疊在一起，指了指楊月紅現在住的房間。

「一起、一起！月紅，不怕，沒有鬼、沒有鬼！紅袖在，不怕！沒有鬼、沒有鬼！」

「娘，沒有鬼了，那個是嬸子，妳看嬸子不是好好的嗎？她沒有被燒死，所以就沒有鬼。」

娘口口聲聲當著葉氏的面喊鬼，楊月紅怕葉氏心裡忌諱，急忙拉著她解釋。說完還拉著她走到葉氏的面前，抓著她的手摸了摸葉氏的下巴。

「娘，妳摸到了，嬸子有下巴，有下巴的就不是鬼。嬸子是人，妳別怕。」

「不，鬼有下巴，有尖牙，長長的尖牙，在外面，說要抓妳！不能抓妳，妳們一起！紅袖在，不怕，不會有鬼！」

楊五嬸卻像是完全沒聽到，還是堅持有鬼。

但後面的一句話葉紅袖和楊月紅都聽明白了，好像意思是說有葉紅袖在就可以保護楊月紅，就不會有鬼將她抓走。
葉紅袖知道她愛女心切，便笑著依了她。
「好，我和月紅姊一起睡，我保證不管有什麼妖魔鬼怪都不能把月紅姊抓走。」
「好！好！」楊五嬸立刻樂得和三歲的小孩子一樣，直拍巴掌。
「月紅姊，我上次給妳的藥膏還有嗎？五嬸的手受傷了。」
「還有，我這就去拿。」
楊月紅拿了藥膏出來後，便拿了乾淨的衣裳領著葉氏去了客房，等她再出來，葉紅袖已經把楊五嬸受傷的手包紮好了。
最後，葉紅袖和楊月紅進了房間。房間裡的擺設更簡陋，一張炕，炕上一個沒蓋子的箱子，上面蓋了一塊洗得發白的布。
楊月紅進屋上炕，掀了那塊布，在箱子裡翻了很長時間，才翻出一套半舊的衣裳。
「這是我最好的衣裳了，妳也別嫌棄。」
這套雖然舊了些，但和楊月紅身上的衣裳相比，卻要好太多。
「我當然不嫌棄。」
葉紅袖爽快地接了過去，兩人洗漱後，便挨著躺在炕上。
「月紅姊，這次妳會答應我把五嬸的病給治好吧！」
楊五嬸堅持她和楊月紅一起住，還在念叨著有鬼，這讓原本心裡就有疑惑的她更奇怪了。

突然蹊蹺地失蹤，身上的那些傷還有證據也都很蹊蹺，她懷疑是有人拿楊月紅威脅楊五嬸。但到底是怎麼回事，威脅的人是誰，鬼又是怎麼回事，只有五嬸一個人清楚。

現在要想知道真相，只能趕緊把楊五嬸治好。

「紅袖，妳真的有把握能把我娘治好嗎？」楊月紅翻身看向葉紅袖。「我娘這些年不知道看了多少大夫，吃了多少藥，受了多少罪，可一點起色都沒有，我怕……」

她不是不相信葉紅袖的醫術，而是這些年，總是抱著希望得到失望，她現在已經不敢抱任何希望了。

「妳願意信我，敢把五嬸交給我，五嬸再配合我，我就有把握把她治得好。月紅姊，妳放心，有我和我大哥在，咱們的日子會好起來。」

葉紅袖從被子裡伸出手拍了拍她的肩膀。

楊月紅沒說話。

靜謐的夜裡，葉紅袖聽到了輕輕的啜泣聲，掌心下，是她微微顫抖的身子。

早上天剛矇矇亮，葉紅袖就被院子裡的動靜吵醒了。

她翻了個身，旁邊沒了楊月紅的影子，估計早就起了。

打了個哈欠，她也翻身下炕。一出門，果然院子裡的人都在熱火朝天地忙著。

大哥葉常青換了一身眼熟的衣裳，她記得以前好像是楊土蛋最喜歡的一件衣裳。當初這件衣裳剛做好，他就穿著跑去自家，一直抓著前襟和他們說這個料子有多好，針腳做得有多好，他穿著有多合身。

那時候，他穿著確實合身，但穿在大哥身上就小了，腰身胳膊都繃得緊緊的。

葉紅袖看著正在掄斧頭砍柴的大哥，動作稍微再大一點，衣裳都要繃脫了線。

葉常青劈柴的時候，楊五嬸就在旁邊笑嘻嘻地幫著撿柴，看得出心情極好。

楊月紅蹲在水井邊剁豬草，廚房裡，葉氏在灶臺邊做早飯。

眼前這溫馨和睦的畫面，竟讓葉紅袖突然有些感激起程天順。要不是他歪打正著地推了他們一把，這樣的情景還不知道什麼時候能看到呢！

大夥兒都忙活開了，起得最晚的葉紅袖都不好意思了，急忙走到水井邊打水洗漱。

「我幫妳。」

楊月紅看到她過來了，放下手裡的刀，洗了手後從葉紅袖的手裡把水桶拿過去。

「謝謝。月紅姊，五叔呢？怎麼沒看到？」葉紅袖屋裡屋外都看過了，獨獨沒看到楊老五的影子。

「早上天沒亮，隔壁村的李叔就邀我爹去幹活了。」楊月紅把打上來的水倒進盆裡，又抬頭朝自己娘那邊看了一眼。「我娘今天可開心了，一上午都樂得合不攏嘴。以前土蛋在院子裡劈柴，她都是這樣在旁邊一起幫著收拾的。」

「五嬸心情好對病情有幫助，我等會兒再好好給五嬸把把脈，給她重新開張藥方子。」
昨晚她給楊五嬸燙傷的手背搽藥的時候，就粗略給她把過一次脈，病情不算特別嚴重。
「飯好了，趕緊來吃飯吧！」
葉氏從廚房端出早飯，洗漱好了的葉紅袖過去幫忙。
這早飯還真不是一般的寒酸，說是紅薯粥，但只能看到紅薯，看不到粥。
一碗碗端好放在院子裡的小桌子上後，葉紅袖跑進楊家廚房仔細翻找了一番。櫥櫃裡的調料碗、米缸，她全都仔細看了一遍，米缸比她的臉都要乾淨，旁邊的地上倒還有一堆蔫頭耷腦的紅薯。裝油的碗估計把碗挖乾了也就只有兩勺油，鹽也沒多少了。
這楊家窮得比他們家都要乾淨。
「紅袖，不好意思，讓你們吃這些。」
葉紅袖剛把櫥櫃的門關上，門口就響起了楊月紅的聲音。
「月紅姊，這是什麼話，我進來是想看看家裡還需要添置些什麼，並沒有其他的意思。再說了，我們一大家子住在這裡，肯定不能白吃白喝，總得交點租金的啊！走吧！先去吃飯，吃飽了回家挖寶去，我掙的錢還埋在家裡的廢墟裡呢！挖出來了，咱們就去縣城逛集市。」
葉紅袖笑著挽著楊月紅的胳膊，去了院子裡的小飯桌旁。
吃過早飯，眾人就去了燒成廢墟的葉家。讓他們吃驚的是，院子裡這個時候竟已經熱火朝天地忙起來了。幹活的全都是膀大腰圓的男人，忙著推牆的推牆的、拆房梁的拆房梁。

正站在院子裡指揮大家的連俊傑，一看到葉紅袖他們就走了過來。

「這些人都是你招來的？」葉紅袖驚訝於他的效率。

「嗯，昨晚上我回去的時候找懷山大哥聊了一下，我問他兩個月之內能不能建棟新房子起來，他說可以是可以，就是得招多一點的工人，還得馬不停蹄地幹活。既然可以，我就讓他趕緊把人給招來。」

「這麼多人，兩個月之內建棟新房子，那、那得要多少錢啊！」

葉氏又掃了一眼院子裡幹活的人。這些可都是勞力，合計下來就是筆不小的數目了；新房子的材料也是樣樣都要錢的，他們葉家哪裡有這麼多錢。

「這個是我剛剛從裡頭挖出來的，雖然銀子都化了，但是錢莊是會認的，你們拿去換就成了。」

連俊傑邊說邊把自己先前挖出來的銀子遞給葉紅袖。

「但是這裡不夠啊！」葉氏還是滿臉擔憂。一棟新房子，加上這麼多的工錢，這點錢估計都不夠尾數。

「不夠，咱們就抓緊時間掙。」

站在葉氏身後的葉常青這麼說了一句，就也捋起袖子去廢墟堆裡幹活了。

「大哥說得對。娘，昨晚上我仔細想過了，這房子咱們得趕緊建起來，二哥、覓兒還沒回來，咱們去楊家還能擠擠；要是他們都回來了，可就沒地方擠了，咱們不能家不成家。」

這是現實問題，雖然現在住在楊家是個好的開端，但是一直住下去也不是辦法。

「妳說的這些我都知道，可這不是愁錢嗎？」

「錢的事你們不用擔心，錢我已經給懷山大哥了，不然也不可能一下子就能喊來這麼多的壯勞力。」

「你、你哪來這麼多的錢！」

聽到連俊傑突然冷不防地說錢已經付了，葉紅袖嚇得差點被自己的口水嗆著。

他上次買馬車的錢是事先找香味閣的老闆預支的，這一下子要上百兩，她可不覺得香味閣的老闆會那麼大方。

「我這些年偷偷攢下的老婆本啊！」連俊傑也沒直言說錢哪來的，只笑著伸手揉了揉她的腦袋。

「和我說實話。」

葉紅袖一臉嚴肅地將他放在自己頭上的手推開。她不希望他有事瞞著自己，還是有危險的事。

連俊傑看她的樣子，知道不說清楚她不會甘休，便只好把實情告訴她。「是衙門的賞金。」

「賞金？什麼意思？」

「我昨晚上連夜去了和峴村，把活化石送去了衙門。知縣告訴我，縣城首富海家拿了一筆錢出來當賞金，現在到我手裡了，足足有五百兩。」

「可你不是說想把他那身出神入化的隱身喬裝本事學來嗎？怎麼就這麼輕易把他送去衙門了呢？」葉紅袖不解。

「送去是我經過深思熟慮才做的決定。」連俊傑邊說邊將她拉到了一個沒人的角落，然後用只有兩人才能聽到的聲音開口。「你們家這場蹊蹺的火是早就有預謀的。妳還記得昨晚楊五嬸一直不停在念叨著鬼嗎？」

葉紅袖點頭。從楊五嬸一臉警惕抱著楊月紅的那一刻起，她就在懷疑這個鬼了。

「這鬼是誰，咱們現在一點線索都沒有。牛鼻子深山原本就還有一夥在暗處的人，兩夥人同時在暗處，所以活化石必須轉移。」

「你說得在理。」

聽他這麼說，確實把活化石關進衙門比關在和峴村要好。

第二天一大早，葉紅袖和楊月紅就都揹著背簍去了縣城，打算大買一場。

兩人先去了白鷺書院。

家裡著火房子都燒沒了，這麼大的事要知會二哥一聲，還有，他過兩天就要考試，得給他上路用的盤纏。

兩人到白鷺書院的時候，已經下課了。

葉紅袖看到書院廚房的煙囪正冒煙，知道二哥肯定在裡頭忙活，拉著楊月紅要過去。

才走了一半，眼前閃過一個熟悉的小身影，是阮覓兒。

葉紅袖剛要開口，她就沒了影子。看她的方向，是奔著二哥住的房子去了。

房門是敞開的，兩人剛靠近，就聽到裡頭傳來了一個細細小小的哀求聲。

「老不正經先生，你就行行好嘛！你去借，你的面子這麼廣，只要你開口，誰都願意借給你的！」

「胡鬧！我這輩子何曾找人開過這個口？」是衛得韜的聲音。

這個老不修怎麼會發這麼大的火，又在自己二哥的房間裡做什麼？

為了弄個明白，葉紅袖悄悄拉著楊月紅蹲在窗戶前。

「二哥是你最得意的門生，你開個口怎麼了？你上次不也去衙門幫了二哥嘛！幫一次是幫，幫兩次也是幫，你幫了二哥，他會記你一輩子好的。」

「妳還說，妳知道上次在縣衙，老郝頭數落我多少次了嗎？我衛得韜這輩子還沒被人那樣指著鼻子罵過呢！」

阮覓兒一提，衛得韜就懊惱不已，火冒三丈。

那次他們是及時趕到救了葉常青，但畢竟違背了他和老郝頭事先說好的原則，所以老郝頭要是有什麼事和他意見不合，都拿這事大作文章指著他罵，可憐自己，就算是被罵得狗血淋頭也無力反駁。

「那罵一、兩句怎麼了嘛，又不會少一、兩塊肉！這還是以前你教書罵我的時候教我的呢，怎麼你現在反而還記不住了呢？」

阮覓兒的話，逗得趴在窗戶的兩人忍不住噗哧笑了出來。

被一個小丫頭片子指著鼻子教訓，衛得韜的心裡已經不爽到極點，現在又聽到外頭竟然還有幸災樂禍的笑聲，更惱了，吹鬍子瞪眼地喊了起來。

「誰？趕緊給我滾出來！」

「是我們！」葉紅袖拉著楊月紅笑著站起來，衝阮覓兒眨了眨眼睛。

「三姊！」阮覓兒立刻笑嘻嘻地跑了過來。

「妳們沒一個好東西！」

衛得韜見笑話自己的又是兩個小丫頭片子，臉色比鍋底還要黑，撂下這句話就走了。

葉紅袖進屋，將肩上的背簍放了下來，然後拉著阮覓兒將她仔細打量了一遍。

嗯，小丫頭看著好似更粉嫩了，看樣子跟著二哥在書院過得還不賴。

第五十九章

「妳讓老不正經先生借什麼呢？把他的老臉氣成那副豬肝色。」

「借錢啊！」阮覓兒衝她眨巴著大眼睛。

她水盈盈的大眸子忽閃忽閃，看得葉紅袖的心都化了。這些天沒見到她，還真是怪想她的。

「妳幫二哥借錢？」葉紅袖有些意外。

「嗯，二哥不是馬上要鄉試了嗎？路上缺盤纏，我就打算找老不正經先生借一些。誰知道他的兜比他的臉都要乾淨，一個子兒都沒有。」

葉紅袖和楊月紅都被她給逗笑了。「他一個教書先生，哪有什麼餘錢。」

衛得韜是個窮光蛋，葉紅袖早就從二哥那裡知道，書院好些值錢東西，都是縣衙和縣裡的有錢人捐的。

「不是的，三姊，老不正經先生以前有錢，我爹娘當初是花了大錢請他教我讀書認字的！這才多長時間，那些錢就全被他喝酒揮霍光了！」

說起借錢這事，阮覓兒就生氣，小臉更是一副對衛得韜恨鐵不成鋼的模樣。

她這模樣，又把葉紅袖和楊月紅逗笑了。「那妳打算讓他找誰借啊？」

讓衛得韜去借錢，他那個性子，難怪會氣得吹鬍子瞪眼。

「找誰都可以啊，他不是有個狐朋狗友老郝頭嗎？不過都說老郝頭是個清正廉明的好官，估計他的兜比老不正經先生的還要乾淨。還有很多有錢的學生嘛，只要他開口，哪個敢不借啊？可他就是這麼小氣，一說借錢就急得跳腳。三姊，妳不知道，我天天追在他屁股後頭，原本以為他鬍子都一大把了，跑起來肯定費勁，可沒想到一動起來就跟個猴兒似的，抓都抓不著！」

阮覓兒是不說還好，越說越生氣。

她越是氣得小臉通紅，講得義憤填膺，葉紅袖和楊月紅越是笑得厲害。

「我的好妹妹欸，錢的事妳不用著急，三姊這裡有。」

葉紅袖笑著揉了揉她白皙滑膩的小臉，越看越喜歡，更覺得自己把她留下的決定是對的了。

「真的?!」阮覓兒的大眼睛裡全是驚喜。

「當然是真的，三姊什麼時候騙過人？」

葉紅袖又忍不住伸手捏了捏她的鼻子。她怎麼就這麼惹人喜歡呢？怪不得二哥願意為了她求神拜佛一輩子都不吃肉。

「那咱們趕緊現在就去告訴二哥，我昨晚上看到他在溫書的時候，還在偷偷嘆氣呢！我問他為什麼嘆氣，他還嘴硬說沒什麼，是我聽錯。明明就是心裡在擔心盤纏的事。」阮覓兒邊說邊牽著葉紅袖往後頭的廚房走。

「對了，妳跟著二哥在書院住了這麼長的時間，都學了些什麼啊？」

小丫頭聰慧，原本就念過書，讓她重新撿起書本來學，不是什麼難事。

「學了釣魚，還學了怎麼生火。」

「什麼?!」葉紅袖簡直不敢相信自己的耳朵。「就學了這些？」

她讓阮覓兒跟著二哥來書院，要學的可不是這些鄉下野丫頭會的，是想讓她跟著一起讀書認字的。

阮覓兒認真想了想，又從口中蹦出了一個讓她更失望的答案。「還學了挖竹筍。」

「這些都是二哥讓妳學的？」葉紅袖更覺得不可思議了。

「嗯，都是二哥手把手教的。」阮覓兒又很認真地衝她點了點頭。

「可……」

葉紅袖還想問，想了一下，二哥的心思那麼難捉摸，阮覓兒也肯定不知道，還不如直接去問他。

幾人到廚房的時候，蕭歸遠正拿著竹筒對著灶膛口吹火。這次應該是學會了一些生火的技巧，沒上次那麼狼狽了，但整張臉還是被燻得沒法看。

聽到廚房口的動靜，他看了過來，一看到葉紅袖她們，就歡喜地咧嘴，打起招呼。

「紅袖妹妹來啦！」

正站在灶臺邊揮舞鍋鏟的葉黎剛一聽，也回頭朝她們這邊看了一眼。

看到站在妹妹身後的楊月紅時，他當即愣住，還以為自己是眼花了。直到楊月紅主動衝他笑著打了招呼，他才回過神。

「二哥，我幫你。」

葉紅袖也沒急著解釋，而是挽起了袖子幫忙，楊月紅也跟著一起打起下手。

忙活的時候，葉紅袖看到阮覓兒就像個小跟屁蟲似地跟在二哥的身後。二哥要添柴生火，她就忙著去外頭抱柴火進來；二哥要擔水，她就拿著小水桶跟在後頭。而蕭歸遠就像是個大跟屁蟲似的，跟在他們的後頭。

等書院的學生都進來領過飯菜了以後，葉黎剛便在廚房裡擺上了桌子，打好了飯菜，幾人在廚房用飯。

葉紅袖端碗的時候，注意到衛得韜始終沒有出現。

「妳別看了，老師現在被覓兒纏怕了，每次吃飯都不再掐著時間出現了，甚至有時候都不吃。」

坐在葉紅袖對面的蕭歸遠好像看出了她的心思，邊說邊揮了揮手，又低頭扒拉碗裡的飯菜。

葉紅袖噗哧笑了出來。沒想到他竟被阮覓兒纏到了這種地步。

葉黎剛抬起眼皮，看了一眼坐在自己對面的阮覓兒，恰好阮覓兒也朝他看了過去。

他臉上表情淡淡，阮覓兒也不知道他是高興不高興，吐了吐舌頭，也跟著扒拉起了碗裡的飯菜。

葉黎剛沒說話，挾了桌上碗裡的兩塊肉放進她碗裡，然後換了雙筷子給自己挾菜。

葉紅袖倒是沒想到二哥竟然這麼細心和虔誠。

吃飽飯，蕭歸遠打了個飽嗝，然後從懷裡掏出了一個錢袋子。「喏，這個你要再和我推辭，可就連朋友也做不成了。」

葉黎剛卻是看都沒看那個錢袋子一眼。

「你這個人怎麼就這麼油鹽不進呢？我不是說了嘛，這錢是先借你的，等你考上再還我。我都不擔心你跑了，你做什麼不要啊？」

看到葉黎剛還是和之前一樣的態度，蕭歸遠急了。這錢袋子他都不知道掏多少回了，好話歹話說了一大筐，可他就是聽不進去。

「我最開始決定和你做朋友的時候，就和你說過，絕不和你有一文金錢上的往來。當時你是答應了的，現在怎麼反悔？」

葉紅袖起先也不懂為何二哥這麼強硬地拒絕蕭歸遠，聽了這話瞬間明白了。

二哥的性子就和他的名字一樣，只要是講過的話，就會一直剛硬到底，到死都不會變。

這性子倒是和衛得韜有些相像，怪不得老不修會這麼器重二哥。

「你們別爭了，我就是特地來送盤纏的。」

葉紅袖說完掏出錢袋子，推到葉黎剛面前。

送了錢，說了家裡著火的事，葉紅袖和楊月紅就出來了。

兩人在書院門口碰到了還在躲躲閃閃，一臉糾結猶豫著要不要進去的衛得韜，邊踮腳往裡瞧，邊摸著自己已經餓得咕嚕叫的肚子。

他是真被阮覓兒纏怕了，這小丫頭片子越大越不好糊弄，精力旺盛，整天都神出鬼沒地追在他屁股後面。他一大把年紀了，日日這樣被追得上躥下跳的，真是受不了了。

葉紅袖一看到他那張餓得都要蔫了的老臉，忍不住笑了出來。這世上果然是一物降一物啊！

「這樣的怪老頭，怎麼還能教出那麼多會讀書的學生呢？真是奇了怪了。」

楊月紅沒和衛得韜打過交道，不知道他的真本事，今天和他接觸了一下，只覺得這個老頭子脾氣又怪又不好相處。

「有些老頭，越是奇怪就越是有本事，我和妳說……」

兩人邊聊邊朝濟世堂走去。

正在櫃檯打算盤的紀元參見二人說說笑笑著進來了，立刻放下手裡的紙筆，朝她們二人打了聲招呼。

「紀大夫，這個是我月紅姊，從今兒開始，我們一家暫住在她家了，以後看病什麼的，也都在她家了。」畢竟要掛濟世堂的招牌，地方移了得告訴他們一聲。

「暫住她家？紅袖姑娘家有事？」

紀元參從櫃檯後走了出來，邀她去了裡間說話。

「我家昨晚上被燒了，現在什麼都沒了，我來是想告訴你一聲的，還順帶想重新買個藥箱。」

進去裡間坐下後，葉紅袖說明了自己的來意。她決定出診掙錢，藥箱是必須要有的。

「被燒了？好端端地怎麼會被燒了呢？紅袖姑娘，妳和家人都沒事吧！」

紀元參問話的時候，不知道是因為太過震驚還是別的，聲音突然變得很大，其間還抬頭朝二樓看了一眼。

「好在我們一家那個時候都恰好出門了，人都沒事，就是家裡東西都給燒了個精光，你們給我的藥箱也一併都燒了。」

藥箱雖然並不值什麼錢，但好歹是他們濟世堂的心意，她覺得有些不好意思。

「人沒事就好，人沒事就好！藥箱我現在就去給妳重新拿個新的。說來還真是巧了，我們東家前兒出遠門，恰好看到了更好的藥箱，東家一下子提了好幾個回來，我現在就去給妳拿，妳先坐著等一下。」紀元參說著就上樓去了。

葉紅袖抬頭看了一下通往二樓的階梯。剛剛他那話說得，好像是東家已經回來了。

她記得上次和他說過的，等東家回來了，看能不能安排時間讓他們見個面。她感覺東家現在就在樓上，也不知道今天能不能見上……

想著想著，她心裡竟然有些莫名興奮。

「救命啊！救命啊！大夫、大夫！」

外頭突然響起的焦急呼喊打斷了葉紅袖的思緒，她起身奔了出去。

一個渾身濕漉漉的中年婦人抱著一個五、六歲的男孩子衝進來，孩子全身都濕了，臉色發白，嘴唇發青，一看就是溺水的。

「大夫、大夫，救救我的兒啊！救救我的兒！」

中年婦人以為景天是大夫，衝進來就直接衝他跪下了。

「大嬸，妳先起來！」

景天把她扶起來後，和葉紅袖一起合力把男孩子擺在地上。

葉紅袖先摸了摸他的脖頸處，還有微弱脈搏，她雙手撐在他胸腔前給他做心肺復甦術，大力壓下去的時候，弄得躺在地上身形瘦弱的男孩看起來好像更痛苦了。

「妳、妳幹什麼？趕緊放開我兒子！」中年婦人不認識葉紅袖，不知道她是大夫，更沒見過這樣救人的，急忙將她一把推開。「大夫！我要找的是大夫啊！」

她看向景天。在她的印象中，所有大夫都應該是景天這樣的男的。

「我就是大夫。」葉紅袖瞥了她一眼後，繼續給男孩子做心肺復甦術。

「妳——」

婦人愣了，將葉紅袖上上下下打量了一遍，見她面孔稚嫩，怎麼看都不像是大夫。

「嬸子，葉姑娘就是大夫，還是我們濟世堂醫術最高超的大夫。妳放心吧！有她在，妳兒子不會有事的。」

景天將婦人扶起來，還主動向她介紹葉紅袖的身分。

葉紅袖給男孩子做了幾十次的心肺復甦術後，見他有了自主呼吸的跡象，才拔下髮髻上的銀針，給他扎了幾針。

「嘔——」原本沒反應的男孩子突然翻身嘔吐了起來。

葉紅袖拍了拍他的背，輕聲開口。「好了，沒事了，把水都吐出來就好了。」

她說話的時候察覺到裡間的門口有個視線正在看著自己，可等她回頭，那個青色身影已經轉身了。

婦人對葉紅袖千恩萬謝之後，抱著兒子離開了，等她回到裡間，紀元參已經拿著新的藥箱在裡頭等著了。

「剛剛東家下來了？」她直問。她認得那個青色身影。

「嗯，看妳把人救回來就走了。」

紀元參邊點頭邊衝她指了指裡間通往後院的門，門是敞開的，說明他是剛剛才走的。

「紀大夫，上次我不是和你說了嗎，想見見東家，可剛剛他就站在那裡，為什麼不等我進來見一面再走？」

葉紅袖覺得奇怪，心裡更覺得可惜。剛才她要是早點回頭，就能見著他，知道他是什麼樣的人了。

「東家說了，現在見面還不是時候，等時候到了，不用妳開口，他自會去見妳的。」

紀元參只說了這些便不再開口提東家，把藥箱給了她，便也轉身出了裡間。

「月紅姊，妳剛剛看到東家了？」

楊月紅一直在裡間，東家下來的時候，幾個鼻子幾個眼睛，她肯定都看得清清楚楚。

「紅袖，妳真沒見過你們東家啊？」

楊月紅起身從凳子上站起來，看著她的表情有些興奮，也有些不可思議。

「沒有。妳剛剛見到了，妳和我說說，他是個什麼樣的？」

看到她這麼興奮，葉紅袖也跟著有些興奮了。整天就在眼前，可見不著真面目，還真夠吊人胃口的。

「我告訴妳，我長這麼大，從來就沒有見過這麼好看的男人！妳知不知道，他剛剛下來的時候，見我坐在這裡，還衝我笑了呢！一個男人怎麼可以長得這麼好看呢？紅袖，真的，我沒有騙妳，長得真的很好看！」

楊月紅越說越興奮。她鮮少這樣，又從不說謊，葉紅袖是相信的。

「好了，好了，我看要是再多留一會兒，妳多看東家一眼，想嫁給他的心都有了。為免咱們只是出一趟門，五叔五嬸就少了一個女兒，咱們還是早些回去吧！」

葉紅袖笑著打趣以後，便揹著背簍扛著藥箱出了濟世堂。

臨走前，她又抬頭看了一眼虛掩著半邊窗的二樓。

長得那麼好看還不讓自己看，是小氣呢？還是故弄玄虛呢？

不過不管是什麼，只希望他能說話算話，等時候到了，他會主動來見自己。

第六十章

兩人又去了縣城的雜貨鋪，油鹽醬醋茶米、五香大蒜生薑、鍋碗瓢盆，但凡是廚房裡能用得著的，葉紅袖小手一揮，全都給買齊了。

兩人又去了隔壁的布料店。

葉紅袖選了價格能接受的布料，挑了合適又喜歡的顏色後各買了兩疋，最後又捆了三十多斤的棉花。天氣漸涼，被子是得要多做幾床的。

她付了錢，楊月紅二話不說便將最重的東西全都放進自己的背簍裡。錢是紅袖付的，東西是兩家一起用的，她沒法子出別的，只能多出些力氣。

兩人揹著背簍往回走的時候，葉紅袖還拉著楊月紅在香味閣旁邊的麵攤買了四份豬腳。

楊月紅覺得價格有些貴，拉住要付錢的葉紅袖。

「紅袖，妳要想吃，咱們可以去集市買新鮮豬腳，我會滷，味道不比這裡的差。」

自從弟弟去世，娘生病了以後，她都是一文錢掰成八瓣。

「月紅姊，咱們今天就買這一回，連大哥、我娘他們都喜歡這個味道，五叔五嬸肯定也會喜歡的，下次我要再想吃就讓妳做。」

葉紅袖說完，捏了一塊沒什麼骨頭的塞進她嘴裡。

「對了，家裡有酒嗎？」

「有啊！妳忘了，我爹以前會在我過生辰的時候，在院子的桃花樹下埋一罈他親手釀的女兒紅。」

「妳不說我差點忘了，我記得當年五叔拿鋤子把酒埋下去的時候說過，說這些酒都是要等妳出嫁的時候再挖出來的。這麼有意義的酒不能亂喝，得等到妳出嫁的時候再說，咱們還是等會兒回去後找劉大爺買兩罈糯米酒吧！」

楊月紅的話提醒了葉紅袖，她想起了小時候三月桃花紛飛時，楊老五拿著鋤頭在樹下刨坑埋酒的情形。

她小時候會扳著手指頭算過那些酒還有多長時間才能挖出來，挖出來的時候就是月紅姊當新娘子的時候。

「別再浪費錢了，回去咱們就挖了喝了，而且我不是說了我不嫁人的嗎？我要真走了，爹娘怎麼辦？」

說起出嫁這件事，楊月紅的神色黯淡了下來。

其實她不只放心不下爹娘，對自己現在的名聲，心裡也是清楚的。雖然赤門村現在是沒什麼人敢說她的閒話，但其他村子的人對她仍舊沒有改變，覺得她被面具歹人碰了，身子已經髒了。

葉紅袖想要安慰她兩句，她卻已經揹上背簍先走了。

東西太多，兩人揹著實在吃力，不過兩人剛走了一小會兒，就看到迎面駛來一輛熟悉的馬車。

「這麼多東西妳還敢揹上肩，不怕把自己的小身板給壓垮了？」

馬車還沒挺穩，連俊傑就從馬車上跳了下來，伸手把葉紅袖肩上的背簍卸了下來。

「我也沒你說的這麼沒用吧！」

「妳有用，妳最厲害，這總成了吧！」

葉紅袖被他的話逗笑了，感覺自己在他眼裡都成了一壓就垮的豆腐了。

楊月紅看見連俊傑望著葉紅袖，滿臉滿眼的疼惜寵溺，再想起自己現在的境況，心裡更覺苦澀了。

她轉身，靠著馬車，想要憑一己之力把肩上重重的背簍卸下，可才轉身就突然覺得肩上一輕，背簍好像被什麼人給提起了。

她回頭，對上葉常青清俊的笑臉。

「我來。」

清潤低沈的嗓音在她耳邊響起，楊月紅都沒反應過來，背簍就整個從她的肩上卸了下來。

回去的路上，葉紅袖和連俊傑坐在車頭，葉常青和楊月紅坐在車裡。

明明車廂很大，但面對面坐著的二人卻覺得有些侷促。

楊月紅偷偷抬起眼皮看了葉常青一眼，待看到他身上都要綳開的衣裳後，差點笑了出來。

看來明天的第一件事便是給他做身合適的新衣裳。

「上次，謝謝妳證明我的清白。」葉常青率先開了口。

這還是他第一次正式向她道謝。

楊月紅低頭，看著自己腳上破舊的繡花鞋，很小聲地回了句。「不用謝。」

葉常青突然又不知道該說什麼了。

他雖然打小就和土蛋感情好，土蛋也總和他說他姊有多好多好、多漂亮多漂亮，但估計是因為男女有別，他從未在意過。這好像還是他們成年後，兩個人第一次這麼近地坐著。

「大哥，月紅姊，你們趕緊出來！」

就在車廂裡安靜得只有兩個人的呼吸聲之時，葉紅袖突然回頭衝他們喊了起來。

兩人幾乎是同時起身朝車門口鑽了過去，但正是因為兩人同步，一同擠在了車門口，反而動彈不了了。

兩人對看了一眼，瞬間紅了臉，隨後又同步往後撤了一步。

「妳先吧。」葉常青不好意思地衝她比了個先的手勢。

他也不知道自己剛剛滿腦子在想什麼，竟然忘了讓她優先。

楊月紅沒有推辭，先鑽了出去，葉常青隨後跟著出來。

葉紅袖指著隔壁的馬車，看向他們。

「大哥、月紅姊，等家裡房子竣工了，咱們請他們來家裡唱戲好嗎？」

他們是皮影戲戲班子，昨晚剛剛在別的村唱完戲，現在趕去另一個村子唱下一場。

「成啊！這多熱鬧，我記得咱們村子上次請戲班子唱戲還是七、八年前的事呢！」

聽到葉紅袖他們這邊真有要請的意思，那輛馬車上的班主急忙跳了下來，打算好好就此事洽談一番。

「姑娘打算請幾天？想要唱的是什麼戲碼，這些我們都好商量。」

選來選去，最後選了一齣老少皆宜的豬八戒娶媳婦，是葉紅袖和楊月紅選的，兩個男人只笑著說她們喜歡就好。

回到村子的時候，天已經擦黑了。

坐在車頭的葉紅袖遠遠就看到楊五嬸蹲在院門口，眼睛直勾勾地盯著路口。一看到馬車，她就跳了起來，朝他們這邊奔了過來。

「回、回！」一靠近馬車，她就不停扒拉著車簾子。

車裡的楊月紅聽到聲音，急忙從車裡鑽了出來。「娘。」

「不，回、回……兒子，回了。」

她衝楊月紅擺了擺手，口中念著兒子，可見等的不是她。

等葉常青從車裡鑽了出來，楊五嬸臉上的緊張神情立刻鬆了下來。她笑著拉過他的手，指了指身後的門。

「家，回，兒子，回家。」

這下大夥兒都明白了，楊五嬸是怕葉常青不會回來，才眼巴巴地在門口守著。再聽她口中的兒子、回家，是已經打心裡接受他代替土蛋了。

葉常青的眼眶瞬間濕潤了。他以為這一刻還要很長很長時間，卻沒想到會這麼快和這麼容易。五嬸雖還癡傻，但還是他記憶中從前那個極好說話的五嬸。

進院子後，大夥兒都忙活了起來。女人在廚房生火做飯，男人在院子裡劈柴打水，都幹得熱火朝天。

菜都燒好擺在院子的桌上後，楊月紅把鋤頭遞給了自己的爹，衝他指了指桃花樹下。

「可那是留給妳出嫁的。」楊老五沒伸手。

「爹，我說了我不嫁人的，我——」

「五叔，月紅姊，這種體力活還是讓我大哥來吧！」

葉紅袖接過了話，然後讓五叔把鋤頭拿過去遞給自己大哥。

鋤頭突然遞到了自己面前，葉常青一下子還沒反應過來。

「大哥，你去挖啊！」葉紅袖拉著他走到桃花樹下，衝他比劃了一下。

妹妹讓他幹活，他便掄起鋤頭來幹，十幾鋤頭掄下去，待泥土裡露出了幾個酒罈子，葉常青才猛地想起來。

「五叔，這是你給月紅埋下的女兒紅？」

他回頭朝楊月紅看過去。月色下，她羞紅了臉。

「原是留給月紅出嫁的時候擺喜酒喝的，可現在，唉……」

楊老五臉色難看地蹲下。他日日都在外村幹活，外頭是怎麼說他閨女的，他比誰都清楚。

明明是這個世上最好的閨女，懂事孝順明理，如今卻偏偏落到了這種地步。

「五叔，你別嘆氣啊！你要相信月紅姊這麼好的姑娘，老天爺不會虧待她的。你就安安心心地等著以後抱大胖孫子吧！」

葉紅袖笑著從他的手上把酒罈抱過去，塞進了大哥的手裡，然後意味深長地衝他眨了眨眼。

吃過晚飯，葉紅袖率先爬上炕，鑽進了被子裡。這兩日，涼意越發濃了。

「月紅姊，妳怎麼還不睡覺呢？」

葉紅袖看她還在炕上翻著今天在集市買的東西，好像一點睡意都沒有。

「妳累了先睡吧！我看一下買的這些東西，心裡算一下怎麼動手。」

「妳先幫我大哥做兩身衣裳吧！妳看到了，土蛋哥的那身衣裳都快要被他繃開了，我看他幹活的時候都不敢使大力氣，肯定穿著也勒得慌。」

說起大哥這兩天穿的衣裳，葉紅袖就想笑。

「也成，那妳把妳大哥的尺寸給我吧，我明兒就做。」楊月紅回頭看向她。

「我現在可沒有大哥的尺寸。他回來的這些日子，我和娘都沒給他做過衣裳，也沒量過尺寸。月紅姊，既然妳要給我大哥做衣裳，就好人做到底吧，現在去找我大哥量，他肯定還沒睡。」

葉紅袖說完就起身推了坐在炕沿的楊月紅一把。楊月紅一個沒注意，就被推下了炕。

「可現在去不大好吧？」楊月紅有些難為情。

她也不知道為什麼，現在一想到葉常青，或是說到他就心慌慌的，好像自個兒偷偷做了什麼見不得人的虧心事一樣，明明她什麼都沒做過。

「有什麼不好的，早點量了早點開工。妳針線好，做的衣裳我大哥肯定會喜歡的。」葉紅袖給她打氣。

「那好吧。」

這邊，葉常青剛在院子裡漱洗好進房。

在家的時候，他一直都和二弟睡一個房間，所以也沒有隨手關房門的習慣。

他站在床頭，剛把身上那件勒得慌的褂子脫下，露出精壯胸膛，就聽到了房門口傳來的動靜。

楊月紅過來的時候見屋裡的燈沒熄，知道他還沒睡下，想也沒想便邁進門檻，誰知道一進門就瞧見了他光著上半身子，嚇得她急急後退，還不小心被腳下的門檻給絆著，跌坐在了地上。

葉常青顧不得重新穿上褂子，急忙上前將坐在地上的她給拉起來。

「妳沒事吧？」他嗓音低沈沙啞，帶著關心。

楊月紅悄悄揉著摔痛的屁股，低頭說沒事，白皙的臉上浮過兩抹嬌羞的紅暈。

他沒穿衣裳，身子像堵牆似地擺在她面前，她眼睛都不知道該往哪裡看了。

「這麼晚還沒睡？有事嗎？」

葉常青邊問邊走到床邊，把那件勒得慌的褂子重新拿了起來。

「我想量量你的尺寸。」

「什麼?!」

葉常青愣了一下，穿褂子的動作也停了下來，沒明白她的意思。

「我沒有別的意思，今天我和紅袖不是買了好些新布回來做新衣裳嗎？紅袖看你穿這件衣裳勒得慌，就想讓我先給你做了，可我又不知道你的尺寸，所以就來找你量一量。」

楊月紅急著解釋的時候，小臉上的紅暈更紅了。

明明這就沒有什麼的，可他剛才那滿臉疑惑看著自己的樣子，弄得好像她來找他量尺寸要幹什麼見不得人的事情似的。

聽到是這樣，葉常青笑了。

她剛剛沒頭沒腦的一句要量自己的尺寸，他雖沒多想，卻怎麼也沒想到她是要幫自己做新衣裳。他都好幾年沒穿過新衣裳了……

現在見她解釋的時候還羞得滿臉通紅，反而弄得他不好意思了。

「那辛苦妳了。」

「一家人，沒什麼辛苦不辛苦的，你站直了，把手也伸直，我給你量量。」

楊月紅低頭走到他跟前，張手在他身上量尺寸。先是胸膛，然後是後背，緊接著是手臂，然後是腰身。

雖然這時候，葉常青已經重新穿好衣裳，但那衣裳本來就小，衣料又薄，隔著薄薄的衣料，楊月紅還是能感覺到指尖下炙熱滾燙的肌膚。

葉常青這幾年也是第一次和姑娘家靠得這麼近，低頭便聞到了她秀髮上淡淡的胰子味。從前他也沒覺得楊月紅容易臉紅，如今這麼近地挨著臉紅的她看著，反而覺得她這樣子還挺好看的。

屋裡靜靜的，只有楊月紅低頭算著尺寸的聲音，其間夾雜著燭火燃燒發出的噼啪聲。兩人的影子倒映在牆上，被拉得很長很長。

餘下的日子，男人忙著蓋房子的事，葉紅袖則拉著楊月紅整日往山上跑。

她決定在山上多開墾些田地出來種藥，因此拉著楊月紅上山，不是只想著讓她給自己幫忙，而是決定教她認藥材，也順帶教她些醫術。
楊月紅學得快也認真，跟著葉紅袖在山上混了幾天後，藥田裡的藥材幾乎全都認識了，也七七八八能說出它們的藥性來。
這日，兩個人幹活累了，便坐在樹蔭下歇息。
楊月紅把水壺遞給了葉紅袖，她接過剛仰頭喝下，坐著的楊月紅卻突然站了起來，指著不遠處一個樹叢喊了一聲有人，說完就追了過去。
「又有人？」葉紅袖也急忙站起來追了過去。
這已經是她在自家藥田前第三次聽同行的人說有人了。
她跟在楊月紅的身後追了好一段距離，最後在拐彎的時候，真的看到了一個一閃而過的影子。
這下她不敢懈怠了，加快步伐跟在楊月紅的身後，朝那個影子追去。
最後兩人累得氣喘吁吁，在一個懸崖邊停下來，那個影子卻是早就不知蹤跡了。
「月紅姊，妳看清那個影子了嗎？是男是女啊？」
葉紅袖只模模糊糊看到了一個黑色影子，是男是女無從分辨。楊月紅是最先發現的，追得也比自己更近一些，估計她能分辨出來。
「看背影，好像是個女的。」
「女的？真奇怪，我們都不認識她，也無冤無仇的，她跑什麼啊？」

煙。

「不知道，累死我了，渴死我了……」追了一路，楊月紅累得滿頭大汗，也渴得嗓子冒

「那裡有水，咱們先喝點。」

葉紅袖指了指山崖處一個往外冒著泉水的泉眼。

楊月紅摸了一把額頭的汗水，雙手剛掬起冰涼的泉水送進口中，旁邊突然躥出了一個黑色的影子。

「不能喝！死人的！」

那人一把打掉了楊月紅捧著泉水的雙手，力道大得把她的手背給打紅了。

楊月紅被突然躥到面前的人嚇得當場尖叫了起來，轉身躲進了葉紅袖的身後。

「妳……妳……妳……」她嚇得結結巴巴，看著那個人，好半天都說不出一句完整的話來。

「姑……姑娘，妳為什麼這麼說啊？」

葉紅袖雖然膽子要大一些，卻也被那人的模樣給嚇到了，問話的時候，連連嚥了好幾口口水。

真不是她們兩個膽小啊，實在是這個姑娘太醜、太髒了！渾身污垢，散發著讓人噁心想吐的味道不說，葉紅袖甚至都不敢確定她那張髒到看不清原來面目的臉是不是姑娘，但聽她說話的聲音，好像年紀和自己相差也不太大。

話。

「不能喝！死人的！」

誰知道，那人完全無視葉紅袖的話，只是喃喃自語，瘋瘋癲癲地重複了一遍剛才說過的話。

「姑娘？姑娘？」葉紅袖壯著膽子，忍著惡臭朝那姑娘靠近了一些。

「妳喊誰姑娘？誰是姑娘？這裡沒有姑娘！沒有姑娘！我不是姑娘！」

讓葉紅袖始料未及的是，她突然回頭氣勢洶洶地吼了起來，盯著她的目光猙獰中透著一絲凶殘。

「這水不能喝！死人的！妳們不能喝，所有人都不能喝！」

她說著，突然隨手抓了一把地上的泥土，當著兩人的面扔進了泉眼裡，隨後又用腳踩了兩下。

兩人還沒反應過來是怎麼回事，她卻突然轉身跑了。

「我這都渴死了，她還這樣，不是故意和咱們唱反調嗎？」

看著已經髒了的泉眼，楊月紅氣得直跺腳。

「月紅姊，別著急，等會兒下山的時候，咱們去找別的泉眼，這山上又不是只有這一個泉眼。對了，妳認識她嗎？」

「不認識，真奇怪，按理說附近村子只要是得了瘋病的人，我都認識的，可這姑娘我卻從來沒有見過。」

楊月紅早前為了給自個兒的娘治病，附近村子但凡家裡有瘋病的，她都去了解情況，看看有沒有人的症狀是和娘一樣的，也看看有沒有什麼偏方。

這個時候，她說著自己娘的瘋病不再似從前那般接受不了了，因為在這段時間裡，娘在葉紅袖的診治下，病情已經逐步好轉了。

第六十一章

兩人回到藥田的時候，那裡多了兩個正在埋頭苦幹的健壯身影。

「你們怎麼來了？」葉紅袖看了一眼快要下山的太陽，心裡充滿驚喜。

「來接妳們下山。今天咱們都早些收工，隔壁村子村長的爹過大壽，請了縣城有名的戲班子在村子裡唱大戲，咱們吃了飯，早些去占位置。」連俊傑把搭在肩膀上的帕子遞給葉紅袖。「妳們去哪兒了？怎麼都是一頭的汗？」

葉紅袖把剛才發生的事情告訴了他們。

「瘋瘋癲癲的姑娘？」連俊傑和葉常青對視了一眼，眉頭都緊緊蹙著。

這兩天後山也不太平，他們有些懷疑這個瘋姑娘的身分。

「我估摸是別個地方的瘋子跑到咱們這裡了，以前我娘犯病犯得厲害的時候，也會跑去別的地方，這都是常有的事。」楊月紅卻覺得這沒什麼大不了。

吃過晚飯，連俊傑早早就趕了馬車來。

一場戲看下來沒個一、兩個時辰看不完，葉紅袖為了方便大夥兒，和楊月紅拿著包袱在屋裡忙著裝東西。瓜子、花生、蜜餞，這些看戲時的零嘴，一樣沒少地全裝進了包袱裡。

兩人出來的時候，葉氏和楊五嬸卻是坐在堂屋中，動都沒動一下。兩個人正合力搓一條手腕那麼粗的麻繩，這是明天幹活要用到的。

「娘，不是讓妳們趕緊換了衣裳，咱們一道去嗎？」

「不去了，聽說唱的又是八仙賀壽，這附近的村子，不管誰家過大壽唱的都是這個，這戲我都聽膩了。」葉氏擺擺手，不願湊今晚的這個熱鬧。

「五嬸，那咱們一起去吧！八仙賀壽，唱戲唱到一半張果老還要給咱們散包子吃呢！」

楊五嬸的病還沒好，心智也就比金寶要稍微成熟一些，葉紅袖猜她應該喜歡湊這個熱鬧。

「不去、不去！這個明天常青要，不去，哪兒都不去！」

誰知道楊五嬸卻是連頭都沒抬一下，仍舊仔細搓著手上的麻繩。在她心裡，葉常青的事可比看大戲要重要多了。

「得，月紅姊，看來妳這個親閨女要靠後了，都抵不得她半道認的這個兒子了。妳看她上心的那個勁兒，估摸以後妳出嫁，她給妳備嫁妝都沒這麼上心。」

「妳瞎扯什麼呢！趕緊走吧！」無端端扯到自己出嫁，楊月紅紅著臉轉移話題。

兩人提著包袱到院門口，葉常青已經和連俊傑一起坐在車頭等她們了。

見她們出來了，兩人從車頭跳了下來。誰知道，在葉常青落地的瞬間，他身上傳來了一聲清楚的嗤啦聲，當即所有人都愣住了。

金寶是最先大笑起來的，他指著被葉常青胳膊撐破的袖子，邊笑邊叫：「有人穿破衣裳嘍！有人穿破衣裳嘍！」

葉常青的臉立馬漲得通紅。他不是尷尬，而是覺得不好意思，這衣裳畢竟不是自己的。

他瞥了楊月紅一眼，卻見她也笑得格外厲害，已經漲紅的臉紅得更厲害了。

「真是對不起，我明兒賠妳……」

「你等我一下。」

楊月紅沒回他的話，而是把手裡的包袱給了葉紅袖，轉身跑開了。等她再跑回來的時候，手上多了一根針和一根線。

「你站著別動，我現在給你補補，總不好穿著破衣裳去看戲。」

楊月紅說的時候，忍不住又笑了出來。

見她笑得越發厲害，站著不動的葉常青更窘迫了。他活這麼大，還從來就沒有這麼丟過人呢！

楊月紅手起手落，很快就把撕破的地方縫好了。最後，她收針低頭把線咬斷的時候，一直看著她的葉常青不知緣何，心頭突然酥麻了一下。

馬車趕到隔壁村的時候，天色已經暗了下來。

戲臺搭在一個剛收割了稻子的田地裡，雖然空曠，但來看戲的人還真不是一般多，烏壓壓的一眼望去全都是攢動的腦袋。

連俊傑選了個地勢稍微要高一些的地方停好馬車，這樣不用下去另外占位置了，只要坐在馬車上就能看戲。

大人坐得住，可金寶和二妮卻坐不住，兩人一進村，看到各家小孩四處奔走，就也想躥下去了。

金寶想下去卻又不敢開口，因為出門的時候他答應過爹不亂跑，老老實實跟在他身邊的。

不能下去，他就只能轉著圓溜溜的大眼睛，眼巴巴地看著別個小孩不是拿著糖人，就是拿著糖葫蘆。

「金寶、二妮，想吃嗎？姨帶你們去買好不好？」葉紅袖被金寶饞得不停舔嘴巴的舉動給逗笑了。

金寶沒急著開口，而是先抬頭看了一下自己的爹，見爹的臉色看起來不怎麼好，他急忙否認。

「我才不喜歡那些小玩意兒呢！爹說了，那是姑娘家才喜歡的，我是男子漢，怎麼會想著吃那些東西呢？」說罷，他還刻意高昂著小腦袋，一副不屑那些玩意兒的模樣。

「紅袖姨，我想吃，妳帶我去買好不好？我娘給我錢了。」

二妮卻是當下就爽快地說要吃，還掏出自己的小錢袋子遞給葉紅袖。

「金寶，你真不去，真不想吃嗎？」

葉紅袖跳下車，忍笑看著金寶。小傢伙的口是心非，她自然一眼就看出來了。

「我……」

這下金寶後悔了，他哪裡不想去，酸酸甜甜的糖葫蘆那可是他的最愛啊！可爹的臉色還是難看得緊，他要是這個時候又改口說想去，爹肯定會更不高興的。

爹教過他，男兒說話要說一不二，不能前後不一，反覆無常。

「既然他不想吃就算了，你們去吧！我看看還有沒有別的更好的地方可以停車。這前面的那輛馬車太高，咱們的視線全被擋了。」

就這樣，金寶只能眼睜睜看著葉紅袖牽著二妮鑽入了擁擠的人潮中。

連俊傑很快就又尋了一個視野更好的位置。

吃不到糖葫蘆和糖人，還被自己的小青梅給拋棄的金寶，坐在馬車上默不作聲，就連臺上已經開始敲鑼打鼓，有武生不停翻跟頭熱場都沒能引起他的興致。

「金寶，我要去找你紅袖姨，你要不要和我一道去啊？」楊月紅見狀，不忍心。

「好啊！好啊！爹，我可以去嗎？」

金寶連連點頭，小臉頓時溢出了歡喜，但還是要先徵詢連俊傑的意見。

「可以，但下次要記住，對著自己最親近的人不可以口是心非。我教過的，男兒說話要說一不二。」

金寶沒想到爹什麼都知道，被戳穿的他立刻羞紅了臉。

「好了，走吧！」楊月紅跳下馬車，把手伸向了他。

金寶跳下車後，一直凝視著人群的葉常青也開了口。「我和你們一道去。」說罷主動牽住了金寶的另一隻小手。

就這樣，兩大一小並排消失在擁擠的人群中。

楊月紅沒想到葉常青也會來，三人並排走著的時候，她忍不住偷偷抬頭看了他一眼。

為了照明，戲臺子周邊點了很多火把，暈黃火色映襯著他英俊的側臉，鼻梁高挺，薄唇緊抿，劍一般的眉毛斜斜飛入鬢角落下的幾縷烏髮中。

楊月紅看著看著就失神了。她還是第一次這麼看他，突然發現他還挺好看的。

「唉呀，死丫頭，妳看哪裡去了！」

突然響起的一個粗魯男聲打斷了楊月紅的思緒。

楊月紅急忙回頭，才發現自己剛才看著葉常青失神，不小心踩了旁邊一個大漢的腳。

「對不起！對不起！」她忙低頭衝那人道歉。

「一句對不起就算了？妳不知道我腳上的是新鞋子嗎？這可是我家阿花新送給我的，我一直都捨不得拿出來穿呢！」那個大漢一點都不領情。

他的力氣很大，被抓著的楊月紅疼得齜牙咧嘴。

「鬆開你的豬蹄子！」

楊月紅抬頭，是葉常青。

「臭小子，你說什麼？」

聽到葉常青罵自己的手是豬蹄子，大漢的臉色立馬黑了，視線也轉到了葉常青的身上。

「大哥，對不起！是我沒注意不小心踩了你，我向你道歉，對不起！」

楊月紅見狀況不對，連忙再次開口道歉。她不想葉常青因為自己和人有過節，更何況這事原本就是自己粗心造成的，是她不對。

「起開，誰要妳的道歉？」

大漢這個時候已經被葉常青氣得吹鬍子瞪眼了，一把將她推開。

楊月紅猝不及防，連連後退了好幾步，差點又踩著了身後的人，還是葉常青眼疾手快，一把攬住了她的腰，將她給拽了回來。

被摟住了腰的楊月紅，小臉瞬間紅得好似火燒。

「男人打女人，不要臉！」

金寶見大漢這麼大力地推楊月紅，也惱了，雙手扠腰，瞪著大眼睛喊了起來。

旁邊站著很多看戲的人，一聽金寶這樣說，大夥兒的視線立刻從戲臺翻騰的武生轉落在那個大漢的身上。

「臭小子！你胡說八道什麼，我擰了你的腦袋！」

大漢氣得臉上一陣青一陣白。

他只不過是推了那個姑娘一把，怎麼就變成打女人了？氣得他伸手朝金寶的腦袋摸了過去，打算好好治一治這個胡說八道的小子。

「哎喲、哎喲……疼、疼、疼！」

大漢疼得齜牙咧嘴，臉上剛才的囂張氣焰立馬消失不見了，只覺得徹骨的疼從被葉常青揪住的手腕傳來，覺得只要他的力氣再稍微大一點點，自己的手都得斷了。

葉常青這才鬆開了手。

「謝謝你。」

楊月紅紅著臉看向葉常青。不知為何，一顆心怦怦怦地跳得好厲害。

「不謝。」

葉常青看著她酡紅的臉，卻是一刻都移不開眼睛，心好像被什麼東西給揪住了一樣。

過兩日，連俊傑打算去衙門問問知縣押送活化石的事，沒想到當他和葉紅袖趕到衙門時，衙門口停了好幾輛馬車，一問竟是出事了。

衙門裡，郝知縣正指揮著黃超、陸生等等幾個衙役收拾東西。

「郝知縣，怎麼會這麼突然？你真的要走嗎？」

剛剛守門的衙役告訴他們，郝知縣前兩天收到了公文，上頭把他調離了臨水縣，讓他這兩天就準備去另外一個縣上任。

看門衙役還說，郝知縣要去的是個鳥不生蛋，人口只有幾千人的窮山溝縣城。

在這個節骨眼上突然把郝知縣調走，葉紅袖覺得這個調任之事不簡單。

「公文都下來了，新知縣明天就會到，我收拾東西，明天和他交接好了就得走。」

忙出了一腦門子汗的郝知縣，一臉無奈地坐下。

「真的沒有轉圜的餘地嗎？程天順的叛徒之事，咱們才剛有點眉目！」

葉紅袖不甘心。郝知縣要是就這麼走了，那他們之前花心思做的那些事就全都白搭了。

「突然這個時候調我走，就是因為不想我查出叛徒之事。」

「這話是什麼意思？」葉紅袖一聽，眼皮都跟著跳了起來。

「我在京城的故友給我寫信，說調任的公文就是在我派人把活化石押送進京後的當晚出來的。活化石和麓湖戰役有關，程天順又和叛徒之事有關，那人是怕我順藤摸瓜摸出更大的事來，便迫不及待把我調走。」

郝知縣的話提醒了葉紅袖，她覺得程天順最近挺不安分，極有可能是他從什麼途徑知道了郝知縣會被調走的事情。

「連大哥，難道咱們現在只能眼睜睜看著郝知縣被調走嗎？」

既然真的有幕後黑手，葉紅袖更不甘心郝知縣在這個節骨眼離開了。

「郝知縣這個時候離開，並不是一件壞事。」

和葉紅袖的擔憂不同，連俊傑的眼中竟然溢出了一抹興奮。

「什麼意思？」她糊塗了。

連俊傑沒急著解釋，而是看向郝知縣，衝他問了一句。「你覺得呢？」

「對大局來說，我的離開自然是件好事，但對我個人而言，可就是件壞事了。」

郝知縣笑著搖頭，臉上看起來反而沒一開始那麼焦灼了。

「你們這話到底是什麼意思嘛！」葉紅袖越聽越糊塗。

她的腦子並不笨啊！可現在就是不明白他們的意思。

「小丫頭，這都沒想明白，不想讓郝知縣查出真相的只有幕後之人，他調郝知縣離開，就說明他心裡已經開始害怕了。調任是誰出的，只要往上翻翻就能查出這個黑手是誰。用郝知縣的調任換那人的原形畢露，對大局來說，自然是件好事。但郝知縣調任要去的是個窮苦之地，對他來說自然是件壞事。」

葉紅袖也覺得是這麼個理。「那你們說這個新來的知縣和他們有關係嗎？」

她是打心底希望來的是個和郝知縣一樣清廉的，可心裡總覺得懸。

「和他們有沒有關係我不知道，但我知道的是，他是個出了名的糊塗官！哈哈哈！」

提起這個要調來的新知縣，郝知縣突然哈哈大笑了起來。

「糊塗官？怎麼個糊塗法？」

葉紅袖瞪大了眼睛，盯著郝知縣追問。糊塗還能當官，看樣子必定是個無惡不作，靠裙帶關係上位的惡人。

「具體怎麼糊塗的，我也沒時間和你們細說，等他來了你們就知道了。」郝知縣並未細說。「對了，還有一事，拿五百兩賞金出來的海老爺，他是個大好人，也是我在臨水縣最好的朋友。他家最近出了點事，不方便讓外人知道，他想找你們幫忙，我希望你們能答應幫他這個忙。」

郝知縣親自開口，連俊傑和葉紅袖自然不會推辭。

第六十二章

兩人從衙門出來後就去了白鷺書院，連俊傑說要去找衛得韜聊聊。

那個糟老頭子雖然惹人嫌，但本事還是有的，葉紅袖也想聽聽他對郝知縣調離臨水縣的看法。

還有，郝知縣要是調走了，那秋闈之後二哥當師爺的事就擱置了，也不知道糟老頭子還有沒有別的安排，而且她還挺想阮覓兒這個小丫頭的。

兩人到白鷺書院的時候已經正午了，學生大多去參加秋闈了，所以這些天特別安靜。

「這裡、這裡，多撒鹽，一定要多撒鹽和辣椒，這個地方鹽少了就入不了味，不會好吃的。」

「老不正經先生，你口味怎麼這麼重？二哥都說了，你一大把年紀，得吃些清淡的，少吃些重口味的。」

「妳——誰說我一大把年紀了？妳別胡說八道啊！」

「你確實一大把年紀了，不要不服老，你看你鬍子全白了，還差點都要掉光了！」

兩人剛靠進竹屋，就看到屋前生了一堆火，火上架著兩條魚，衛得韜說要多撒鹽的正是這兩條魚。

葉紅袖忍不住笑了出來。

「誰？」聽到笑聲的衛得韜一臉憤怒地回頭。

「我。」

葉紅袖倒也不懼，理直氣壯地回了一句。

「你們來做什麼？」

看到笑話自己的是她，衛得韜的臉色更難看了。怎麼就這麼冤家路窄呢！

「我又不是來看你的。」葉紅袖憋著笑，朝阮覓兒走了過去。

小丫頭臉上手上都髒兮兮，再看衛得韜，身上臉上到處都乾乾淨淨。不用說，這火肯定是小丫頭一個人費了好大一番功夫才生起來的。

「走吧，我帶去妳洗洗臉，瞧這小臉髒的。」

兩人回到竹屋的時候，連俊傑正和衛得韜一邊喝酒，一邊就著火堆上的烤魚，聊起郝知縣被調走的事聊得正歡。

「我的意思呢，是讓他春闈後考上功名了，去十里鋪接老郝頭的班。那裡雖然窮，但正是只要好好幹，就能幹出一番政績來的地方。」

衛得韜的建議還是讓葉黎剛收斂鋒芒，這一點連俊傑是贊同的。

「那眼前呢？郝知縣說咱們縣要來一個糊塗縣官，他到底是怎麼個糊塗法？」

「糊塗？那你得看這個糊塗是真糊塗還是假糊塗了，他的心思一般人可琢磨不出來，往後你們和他多打幾次交道就知道了。」
衛得韜並未細說太多，倒讓葉紅袖和連俊傑對這個還未謀面的新知縣大人更好奇了。
回來的路上，她嫌無聊，纏著連俊傑讓他講些軍隊裡的事。
「一幫子男人，沒什麼好講的。」
「怎麼會沒什麼好講的？你在軍隊這麼些年，肯定認識了很多來自五湖四海的兄弟，這些兄弟都是和你出生入死過的，可是過命的交情，你就與我講講這些人吧。」
打仗什麼的葉紅袖沒那麼感興趣，反而對這些有血有肉的漢子們有興趣。
「那我就講講金寶的爹吧！」
聽到要講的是金寶已經去世的爹，葉紅袖立刻來了興趣。
「金寶的爹叫楊大志，比我年長八歲，是我們戚家軍的副將。」
連俊傑一邊趕車，一邊娓娓道來，說著說著，他的眼前便開始浮起了那張再熟悉不過的面孔。
「他也是從鄉下村子裡出來的，性格豪爽、為人熱忱，幾次拚下來，我們就成了生死兄弟。在軍隊的那些年，我有很多時候、很多事想不開，都是他主動開解我的……而楊大哥是在麓湖戰役中沒的。」
「啊？」葉紅袖大吃一驚。「那你快說說這到底是怎麼回事。」
「最開始，沒人知道麓湖戰役之中有叛徒和敵軍勾結，不管是朝廷還是軍隊，都以為這次肯定會大獲全勝，卻沒想到，仗打到一半就中了敵人的埋伏。查不出這人是誰，便派了你大哥去當臥底，誰知道又中了敵軍的詭計，那場仗打到第二天，死傷過萬。朝廷派了戚家軍去救援，楊大嫂那個時候要臨盆了，便沒打算讓楊大哥上戰場，他卻說要去給未出生的孩子掙一份榮光，只是這一去，就沒從戰場上下來了……」

連俊傑的眸子越來越暗，聲音也越來越低。

「連大哥……」

葉紅袖伸手握住他因傷心而有些顫抖的大掌，又不忍心讓他繼續講下去了。

「他倒在我懷裡的時候，抓著我的前襟和我說，他不甘心這麼多的兄弟因為一、兩個害群之馬死在戰場上，他讓我發誓一定要把這個叛徒給揪出來，還叮囑我一定要好好照顧大嫂、金寶，還有他來不及看一眼的孩子……」

葉紅袖現在終於知道，為什麼他得知活化石和麓湖戰役有關時，會將人關在和峴村，用那樣殘忍的手段折磨他，想從他口中套出更多的真相。

讓兩人沒想到的是，海家的速度會這麼快，第二天早上，葉紅袖剛放下碗筷，海家就來人了。

來的是個小廝，年紀和葉常青差不多，只說海老爺請她和連俊傑過去，其餘的也不多說。

連俊傑和葉紅袖隨他上了馬車，一起去了海家。

奇怪的是，小廝並沒有載他們兩個去縣城海家的大宅子，而是去了一個偏遠的村子，在一處不怎麼起眼的宅子前停了下來。

開門的是個老頭子，葉紅袖和連俊傑進門的時候，他用警惕的眼光打量了他倆好長時間。

小廝領著他們進了大廳，丫鬟給他們上了茶。

葉紅袖和連俊傑在這樣怪異的氛圍中喝光了兩杯茶，海老爺終於出現了。

他一進大廳就圍著連俊傑轉了好幾個圈，怪異地盯著他，將他上上下下、前前後後打量了好幾遍。

「這位小兄弟，還真是看不出來啊，你有這樣一身的好本事。還有這位紅袖姑娘，知縣大人對妳的醫術也是讚揚有加。」許久，他才這樣誇了一句。

「那是知縣大人抬舉我們。」連俊傑客氣地回了他一句。

「坐、坐，你們都坐。」

海老爺讓他和葉紅袖坐下。

「海老爺，咱們還是把話挑明了說吧！」

海老爺愣了一下，沒料到她這樣開門見山。「紅袖姑娘，其實我們……」

「老爺！不好了，不好了！大少爺嚥氣了！」

海老爺的話被突然衝進來的丫鬟給打斷了。

「嘸氣？」

葉紅袖和連俊傑對看了一眼，又一同朝海老爺看過去。

海老爺的臉色非常難看。

就在這時，外頭又傳來了一聲聲淒厲的嚎叫，就像是某人承受著挫骨剝皮、撕心裂肺的痛苦一樣。

海老爺忙起身衝出大廳，葉紅袖和連俊傑也跟過去。

這座宅子雖然舊了些，但是占地大，葉紅袖又是第一次來，腦子都要繞暈了，才終於在後院的一間房前停下來。

房門口堵滿了海家下人，葉紅袖一靠近就聞到濃烈得嗆鼻的藥味，嗆得連連打了好幾個噴嚏。

她看到這些下人們的眼睛都紅了，還有好幾個臉上掛滿了淚水。

一進屋，兩人都被床上一個渾身纏滿紗布、面目全非，不，應該是面目猙獰的物體給嚇著了。

海老爺就坐在床邊，紅著眼睛，抱著奄奄一息的物體。屋裡還有一個鬍子花白的老漢，手裡正拿著好幾根銀針，看樣子是同行。

「海老爺，我先看看。」葉紅袖衝海老爺喊了一聲。

海老爺抬頭，眼眶裡噙滿了淚。

男兒有淚不輕彈，看到這樣德高望重的老人在自己面前流淚，葉紅袖的心裡頓時難受了起來。

靠得更近了一些，她才發現面目猙獰的「物體」更恐怖。

那張臉幾乎找不到一寸完好的地方，全都是凹凸不平的疤痕，有些傷口還沁著膿血，散發出陣陣難以忍受的惡臭。

這人是燒傷，燒傷面積從包裹全身的紗布來看，幾乎達到了百分之百。

她仔細把了一下這人的脈。這脈搏已經虛弱到差點把不出來。

「連大哥，藥箱。」

連俊傑忙把桌上的藥箱送到她面前。

「海老爺，讓無關人等全都出去，我要施針了。」

「妳是說，我兒還有救？」海老爺的眼裡閃過一抹不可思議。

「海老爺，要是再延遲施針時間，可就真的是回天乏術了。」

已經掏出了銀針的葉紅袖，冷聲將他的話給打斷。

海老爺這才急忙抹了淚，將屋裡、房門口的無關人等都遣走了。

「還有他。」

下針之前，葉紅袖回頭看向站在原地沒動彈，雙眼緊盯著自己手上銀針的花鬍子，眼神裡充滿了質疑。

花翦子沒料到她突然回頭看向自己，先是愣了下，待接觸到她質疑的目光後，急忙心虛地把頭撇向了一旁。

「可他是我們家裡的大夫，景軒的病一直都是他親自照應的，他怕是不能走。」海老爺這樣說，葉紅袖知道他還是沒有完全信任自己。

「那他照料得可真不是一般的好啊！」她聲音裡能聽出滿滿的譏諷。

「這話是什麼意思？妳這個什麼都不懂的死丫頭，就不要在這個時候來搗亂了！」花翦子當即氣得跳起來，瞪著葉紅袖的眼睛恨不能把她給吃了，隨後他看向海老爺的時候，又換上了一副謙恭的嘴臉。

「老爺，莫要再聽她胡說八道，大少爺確實是不行了，還是趕緊讓人把後事準備起來吧！」

「到底是我什麼都不懂，還是你壓根兒就是庸醫，等我施完針就全都清楚了。」

葉紅袖不願花時間和他再掰扯，現在救人最要緊。

「臭丫頭，妳罵誰是庸醫？妳才是庸醫，你們一家都是庸醫！尤其是教妳的那個人更是庸醫中的極品！」

聽到葉紅袖罵自己是庸醫，花翦子也破口大罵了起來，還把葉紅袖的爹給攪和了進來。

「我爹一向行得正站得直，他在世的時候沒人不說他醫術好、醫德高，你把嘴巴放乾淨點！」

葉紅袖這下也惱了，板下臉呵斥了起來。

「什麼我胡說八道？哪裡見過女人行醫的，老爺，這個死丫頭就是個騙錢的騙子，千萬別信！」

當著自己的面罵葉紅袖，這下連俊傑也不幹了，沈著臉朝花鬍子走過去。

「你、你想幹什麼？」花鬍子被他眼裡的怒意給嚇到了。

「你的嘴巴不乾淨，我幫你洗洗。」

說完，伸手一把捏住他的下顎，然後抄起旁邊桌上的茶壺，就對著他的嘴巴灌了下去。

花鬍子當即被燙得像殺豬一樣嚎叫起來。

等茶壺裡的茶都灌完了，連俊傑又稍稍一用力，喀嚓一聲，花鬍子的下巴脫臼了，隨後便被連俊傑扔出了房間。

第六十三章

「你——」海老爺被連俊傑過於粗暴的方法嚇得臉都白了。

他知道他有本事，可沒想到他會這麼野蠻。

「海老爺莫見怪，就是天王老子在我面前敢罵我的紅袖一句不好，我也會扯斷他的舌頭。」

「你——」

「海老爺，別再延遲施針時間了。」已經掏出銀針的葉紅袖冷聲將他的話打斷。

海老爺嚇得急忙把滾到了嘴邊的話吞回肚子裡。

葉紅袖現在可是他兒子的最後一點希望，他的視線緊緊落在她的銀針上，她手起，他的視線便跟著起；她手落，他的視線也就跟著一道落。

起起落落十幾次後，昏迷不醒的海景軒身上的重要穴位上都已經扎滿了銀針。

大概過了一盞茶的功夫，原本處在昏迷中的海景軒終於慢慢睜開了眼睛。

「爹……」

他衝坐在對面，差點要喜極而泣的海老爺輕輕喊了一聲。

可這聲爹才剛喊完，他又噗一聲噴出一口鮮血，海老爺臉上的笑意又凝結了。

海景軒噴出了那口血，又陷入昏迷。

「景軒、景軒！」

海老爺顧不得抹去被噴到的鮮血，拚命喊著奄奄一息的兒子。

「海老爺，海公子今晚醒不過來，你喊破喉嚨也沒用。」

「妳是說我家景軒沒事了？」

「沒事是不可能，他傷得有多重，你應該知道，而且已經延誤了很長時間的治療，我只能盡力而為。能不能好，好到怎樣的程度就只能看海公子自己的造化了。」

葉紅袖說完，動手把海景軒身上的紗布解開。

「延誤治療？怎麼可能！我們府上的大夫自從景軒出事後，日日夜夜忙著照顧他，幾乎都沒怎麼合過眼，怎麼可能會延誤治療？」

對於府上的大夫，海老爺還是相信的，畢竟跟了自己幾十年，府裡的人不管誰只要有個頭疼腦熱的，讓他開上兩劑藥，喝了就能好；而且這些天他為了兒子忙進忙出，自己也是看在眼裡的。

葉紅袖沒急著回話，把海景軒全身的紗布都拆開了，望著還在滲血水的傷口，倒吸了一口氣，才回頭看向他。

「他是很忙，可做的都是無用之功。海公子身上的是燒傷，這類傷口處理需得極度小心，為了避免感染和傷害，尤其不能包紮。可你看他被你們府上的大夫包得密不透風，只是加劇傷口惡化。」

葉紅袖現在算是明白為什麼海景軒會叫得那麼淒厲了。燒成這樣，還被那個無良大夫折磨了這麼長時間沒死，算是他命大了。

海老爺看葉紅袖講得頭頭是道，心裡對她的質疑漸漸消失了。

把海景軒身上的紗布全都扒開以後，葉紅袖讓人打來溫水，把他全身上下的傷口都擦拭了一遍。

其間她給了連俊傑一張紙，讓他快馬加鞭趕回赤門村，去楊家多拿幾瓶自己的藥來。

等她把海景軒全身擦洗好，還把床上的被褥都換了更新更軟的之後，連俊傑已經拿著藥膏回來了。他的速度把屋裡屋外的人都嚇了一跳。

仔細塗抹了藥膏，葉紅袖拿了一塊薄薄的白紗布蓋在海景軒身上。

「要是怕他冷，就在屋裡多點兩個火盆。切不可再像從前那樣捂著了，這樣只會加劇他的痛苦。」

「我現在就讓人去把火盆點來。」

隨後她又寫了好幾張藥方給海老爺，讓他現在就派人去濟世堂把藥抓來。

「他剛才吐出的那口膿血堵在胸口起碼有半個多月了，可你們府上的大夫卻是一點都沒察覺，內傷也從未給他做過任何治療。」

葉紅袖身為大夫，最怨恨的就是庸醫誤病。她現在覺得剛剛連俊傑只是弄脫了他的下巴都算輕了。

「葉姑娘，那以後我們家的景軒就拜託妳了。」

「海老爺儘管放心，既然我答應了，便一定會竭盡所能醫治海大公子。」

聽他們這樣說，海老爺心裡立馬鬆了一口氣。

「葉姑娘，妳能幫景軒恢復從前的容貌嗎？」

其實他也知道很難，但總是抱著一點希望。

葉紅袖低頭看了一眼可以說得上是面目全非的海景軒，臉上露出為難。

他這個樣子要恢復到從前的模樣，以自己的醫術來說，那是完全不可能的事。

「我知道了……」

海老爺眼裡的期盼在看到她的為難後也熄滅了。

「海老爺，你也不要不抱希望，這個世上醫術好的人很多很多，也有很多見多識廣的人。不說別人，就說咱們濟世堂的東家，他經常走南闖北，見過很多世面。明兒得空了我就去問問他，他說不定會有法子。」

葉紅袖的話讓海老爺看向她的眼裡又重新燃起了希望。

從海家出來後，葉紅袖一直在低頭沈思。

自己答應了海老爺找東家，可濟世堂的東家到現在都還不願和她見面，這怕是個難事啊……

「紅袖？紅袖？」

趕車的連俊傑連喊了兩聲，她都沒回過神來，最後還是他伸手直接把她扯進了自己懷裡，她才猛地回神。

「怎麼了？」

「妳想什麼呢？從海家出來後就一直心不在焉的。」

葉紅袖想爬起來，卻被連俊傑按在了懷裡，動彈不得。

「想東家。」她幾乎是脫口而出。

「什麼？東家？」

連俊傑的眉頭當即蹙了起來，按在她身上的力道也加大了兩分。這個時候她想什麼，想誰不好，想什麼東家?!

他聽不得她口中說出自己以外的男人，更聽不得她說她在想對方。

「唔——唔——」

葉紅袖在他懷裡奮力掙扎，原本只是單手按著她的連俊傑索性把另一隻也用上了。

馬車繼續在路上行駛，耳邊還能隱約聽到鳥叫聲。

連俊傑吻得很久，力道也很大，幾乎把她胸腔裡所有的空氣都吸走了，被強吻著的葉紅袖感覺自己都要窒息了，連俊傑才終於將她鬆開。

「呼……呼……」

葉紅袖趴在旁邊喘息。這個人實在太霸道又太不好玩了。
「還在想嗎？」
她才好了一點，就傳來了他低沈的質問聲。
她急忙回頭，一臉諂媚地看向他。「沒有！沒有！」她可不想小命不保。
「真的？」
連俊傑卻是不相信，他忘不掉她剛才那副沈迷的模樣。
「當然是真的，從這一刻起，我的心裡、眼裡都只有你這位風度翩翩的俊公子，這總成了吧！」
「這還差不多。」
連俊傑笑著伸手摸了摸她的小臉，趁她不注意的時候，又在她被自己吻得紅腫的小嘴上輕啄了一下。
他實在是愛死她的味道了。

第六十四章

葉紅袖回到楊家的時候，天已經黑了。

剛進屋，葉常青和楊月紅就端著飯菜前後腳從廚房走了出來。

葉常青端菜走在前頭，清俊的眉眼都帶著笑，楊月紅端著碗筷低頭走在他身後，白皙的小臉上浮著兩朵淡淡的紅暈。

看到葉紅袖笑咪咪的，用意味深長的眼神盯著他們，她臉上的紅暈更深了。

「趕緊洗把臉吃飯。」

楊月紅打了聲招呼後，便與葉常青一起進屋了。

葉紅袖洗漱後進屋，發現葉常青和楊月紅竟特地留了他們中間的位置給她。

「紅袖，快來坐。」

楊月紅邊說邊指了指特地給她留的位置，說完還朝葉常青那邊看了一眼，兩人的視線剛對上便又急忙躲開了。

「月紅姊，妳坐過去，我有事要和我娘講。」

兩人這麼濃情密意的，她怎麼好坐在中間？於是一屁股把楊月紅給擠過去了。

這一擠，便把楊月紅擠到了葉常青身邊。

她動作突然，楊月紅沒預料，差點直撲進了葉常青的懷裡。

看到楊月紅羞得小臉幾乎都能滴血，葉紅袖差點沒忍住笑了出來。

「娘，等把房子蓋好了，咱們得琢磨給大哥娶大嫂了。」

這話她是故意當著葉常青和楊月紅的面胡謅的。

兩人都沒料到她突然這樣說，先是愣了一下，楊月紅立馬低頭扒拉自己碗裡的飯。

葉常青則是先看了她一眼，隨後才笑著開口：「時機成熟了，自然會娶。」

「你這話說了等於沒說。」葉紅袖打趣他，視線也落在了楊月紅身上。

「不能娶！不能娶！」誰知道她的話剛落，一直低頭認真吃飯的楊五嬸突然激動地站了起來。「我家土蛋不能娶！不娶，誰都不娶！」

「五嬸，為什麼啊？」葉紅袖拉著她坐下。

「土蛋年紀小，不娶。月紅是姊姊，要先嫁人。」

楊五嬸的話一出口，葉常青、楊月紅兩人的臉色立馬變了。

「五嬸，月紅姊不是說了嗎，她不嫁人，給你招個好女婿上門，還給你生個小土蛋，這多好啊！」

楊五嬸的病還沒完全好，葉紅袖和她說話只能用連哄帶勸的語氣。

「不好，姑娘家要嫁人，我現在有土蛋了，以後也會有小土蛋的！」楊五嬸邊說邊又起身，隨後走到葉常青的身邊，拍了拍他的肩膀。「我家土蛋還會給我生很多很多的小土蛋，不用月紅，不用！」

「我吃飽了，你們慢用。」

葉紅袖正欲開口，楊月紅卻把碗筷放下，隨即出了大門。

「月紅！」

葉常青也把碗筷一扔，正要追出去，卻被楊五嬸一把按住了。

「娶媳婦兒，生小土蛋！我要抱小土蛋！」

「我……」

他嘆了一口長長的氣，最後只能無奈地低頭。

「五嬸，妳不喜歡月紅姊了嗎？怎麼不要她給妳生小土蛋了？」

楊五嬸的這些話容易讓人誤會她是認了兒子就不要女兒了，楊月紅聽了自然心裡不是滋味，更何況楊月紅和大哥還有些其他的小心思。

「喜歡月紅，她是女兒，當然喜歡。但姑娘要嫁人，不嫁人，別人笑話，程嬌嬌就笑話，說月紅是老姑婆……月紅不當老姑婆，月紅要嫁人，不生小土蛋，要生小月紅，我要當外婆，我喜歡當外婆。」

楊五嬸磕磕絆絆地才說完的話，讓葉紅袖明白自己剛才誤會了。

「好，讓月紅姊給妳生小月紅，我現在就去和月紅姊說，讓她多生幾個小月紅。」

葉紅袖笑著拍了拍楊五嬸的肩膀，隨後也出了門。

她在村後的小溪邊找到了獨自坐在溪邊的楊月紅。她呆呆看著平靜的溪面，臉色黯然。

「五嬸剛剛說了，讓妳給她生很多個小月紅呢！」葉紅袖在她身邊坐下。

「生什麼生，我說了我不嫁人的。」

楊月紅低頭，心裡閃過一抹無法忽視的難過。

「不喜歡的人當然不嫁了，那要是嫁給自己喜歡的人呢？」

葉紅袖用胳膊肘輕輕撞了一下她的。

「什麼喜歡不喜歡的，我不知道妳說什麼。」

楊月紅雖然嘴上這樣說，臉上卻不由自主染上了一層薄薄的紅暈。

「五嬸五叔他們年紀大了，眼力不行就算了，你們還想瞞我啊！我又不是瞎子，能什麼都看不出來嗎？」

被戳破了心思的楊月紅，小臉這下紅得更厲害了。

「妳說什麼呢！時間不早了，我回去了。」她嘴硬不承認，還想逃跑，但被葉紅袖給拽住了。

「我不是我大哥，又不會吃了妳，妳跑什麼啊？就坐下和我說說心裡話唄！」

「妳再胡說八道，我可就不理妳了！」楊月紅真被她的話給逗急了。

她的那些小心思，誰都不知道，也不敢讓誰知道。

「我是不是胡說八道，月紅姊妳心裡可是最清楚的。唉呀，妳就坐下吧！」葉紅袖又一把將她拽下，坐在自己身邊。「我又不喜歡到處講閒話，妳就與我說說，妳心裡是怎麼想的唄！你們要真彼此都喜歡，就在一起，不喜歡，就都各自去找良人，多簡單啊！」

「什麼喜不喜歡、在不在一起的，剛剛我娘的話妳都聽到了，在她的心裡，妳大哥是兒子，是土蛋，我們是姊弟，我們要是在一起，在我娘的眼裡那就是大逆不道。她腦子才剛清醒一點，我不想刺激她。」

楊月紅邊說邊低著頭，臉上是無法掩飾的失落和難過。

「妳不也說了嗎，五嬸的腦子才剛清醒，都還沒好，當然很多事也想得不全。等她完全好了，把什麼都看在眼裡了，便會支持你們在一起的。」

葉紅袖還是比較有信心的。

「沒妳想得那麼簡單，我娘性子強，認準的事情不容易改變的。當初便是聽了程天順的話，腦子轉不過彎來，一直鑽牛角尖才會病成這樣。」

楊月紅搖頭，看著月色下毫無波瀾的溪面，撿起一塊石子砸了過去。

咚的一聲，溪面泛起了波瀾。

「可……」

「好了，時間不早了，咱們回去吧！不然家裡的老人該著急了。」

葉紅袖還沒來得及張口，楊月紅就起身走了。

她回頭，剛剛泛起了波瀾的溪面，再次平靜無波。

我就不信了，這個紅娘我會做不好！

吃過早飯，連俊傑的馬車就來了。

他們昨天約好了，今天一起去衙門和濟世堂看看。

上車的時候，葉紅袖發現連俊傑的臉色不好，下顎繃得緊緊的，眉頭也蹙得厲害，好像誰又惹著他了。

他們昨天分開的時候還是很高興的，不是自己惹了他，那便是別人了。

「怎麼了？金寶惹你生氣了？」葉紅袖試探地問了一句。

「嗯。」連俊傑點頭，臉色更難看。

「哪裡惹著你了？該不會這小子動手打人了吧？」她開玩笑。金寶那麼乖，是絕不會和外人動手的。

「這個臭小子，竟然學會打女人了！」

「啊？你搞錯了吧！金寶怎麼會打女人呢？他才是被女人打的那個吧。」葉紅袖瞪大了眼睛，根本不相信他的話。

「沒搞錯，他把隔壁老實叔的外甥女給打了，鼻子都打破了。這個小子欠揍，也是我最近對他的教導疏忽了。」連俊傑說著，臉上閃過一抹愧疚。

「會不會這中間有什麼誤會？金寶是不會動手打人的，尤其還是女人。」

葉紅袖還是相信金寶。看他平常對二妮哄著讓著的樣子，說他是被打的那個，她還要更相信些。

「他自己都親口承認了，這才是我最氣惱的地方，妳沒看到小子承認得理直氣壯的樣子，好像他打人還有理了！」連俊傑越說越氣，臉色也跟著越來越黑。

「我還是不相信，這其中肯定有你不知道的內情，你不會已經罰他了吧？」

葉紅袖看他氣憤的樣子，覺得他肯定已經懲罰金寶了。

「他都親口承認了，還有什麼內情？我罰他上午、下午各蹲一個時辰的馬步，沒完成不准起來。」

「一個時辰？你這個當爹的可真不是一般的狠心。」

上次金寶只罰了半個時辰，完成時腿肚子已經打顫，站都站不住了，半個時辰已經是他的極限了，還罰他一個時辰，這不是要金寶的小命嗎？

葉紅袖氣得狠狠用手揪了一下他胳膊上的肉。

「我罰得重也是迫不得已，楊大哥楊大嫂把他託付給我，我不能出一點差錯。」

他這樣說，葉紅袖反而無話可說，他也確實是用心良苦。

馬車很快就到了縣城，兩人先去了趟衙門，想先探探這個即將要上任的糊塗知縣的底。

可惜的是，郝知縣說現在正在秋闈，得等考完，放了榜才能過來。

沒看到糊塗知縣，兩人便趕著馬車直奔濟世堂。

葉紅袖一進門，紀元參便放下了手裡的活兒走了過來。

「葉姑娘，裡頭講話。」他指了指裡間，看著就像是等著她來一樣。

葉紅袖、連俊傑對望了一眼，跟了進去。

「這個是我們東家特地給葉姑娘的。」葉紅袖一進去，紀元參就遞了一本書給她。

「《難經要略》?!」

她一臉驚訝地看向紀元參，隨後激動地把手裡的書仔細翻了一頁又一頁。更不可思議的是，這竟是原本！

「東家給我的？為什麼？」

葉紅袖不解。這本《難經要略》，當年爹在世的時候，常和他們兄妹說這是世上唯一一本可以比得上《本草綱目》的醫書，但他也只聽過書裡治病救人的各種聞所未聞的法子，卻從來沒有見過。

當時她還小，爹又說得過於玄乎，她覺得那只不過是個傳說而已，沒想到這世上竟然真的有這本書。

「昨天海家派人來抓藥，那藥方東家一看就知道是妳寫的，不但知道這人的病情嚴重，還知道葉姑娘妳現在肯定面臨難題，便特地把這本《難經要略》留給了妳，這裡是妳要的法子。」

說完紀元參翻開《難經要略》，指出的法子竟然是催生新肌膚之術，正是她現在想要的。

「咱們東家的醫術這麼高超？」

葉紅袖驚詫於從未謀面過的東家竟然還有這麼高超的醫術，只看了藥方便對病人的病況全部知曉。

「咱們東家還有很多本事是妳想不到的。」紀元參笑了笑，眼裡難掩對東家的自豪之情。

「可是這麼難得的書，東家是怎麼得來的啊？還是原本。」

她還是覺得不可思議，當年爹在世的時候，可說得上是拿它當神書膜拜啊，今天竟然這麼輕而易舉地到自己的手裡了。

「葉姑娘，我說了，咱們東家還有很多本事是妳想不到的。東家還說了，這書妳先看著，有不明白的地方，等他回來了，妳親自問他，他會一一仔細給妳解答的。」

「真的？」葉紅袖沒想到見面的機會來得這麼突然。

來的路上，她還想著紀元參會不會又和她打太極呢！

「是真的，東家已經決定等這次回來就和妳見面了。」紀元參衝她點了點頭。

「那東家回來了，你可得趕緊派人通知我啊！你知道我等這一天等了多久的。」

葉紅袖滿臉興奮，看得站在旁邊的連俊傑臉色越來越黑。

從進了裡間，紀元參說到第一句東家開始，他就已經不悅了。然後看到葉紅袖越說越興奮，小臉上竟然還浮起了難以掩飾的崇拜神色之後，他徹底惱了。

不就是個破大夫，有什麼可值得崇拜的！醫術好的，他們戚家軍都一抓一大把！他惱，可又不敢當場發作，上次和紀元參拌了兩句嘴，小丫頭連著好幾天沒理他，他可不會再自找沒趣。

從濟世堂出來後，葉紅袖所有心思都在手上那本來之不易的書上。她要抓緊時間把裡頭所有的藥方藥理全都琢磨透，尤其是那個肌膚新生法。

回去的路上，她一邊坐在車棚裡啃包子，一邊研究那本書，完全無視坐在車頭趕車的連俊傑。

連俊傑默默啃著手裡的肉包子，越啃心裡越不是滋味。他何時這樣被她忽視過，難道那本醫書都比他的臉要好看嗎？

「紅袖——」

把手裡最後的一點包子吃完了後，連俊傑先出聲。

誰知道，葉紅袖卻是頭都沒抬一下。「你不要說話打擾我看書了，這醫書難得，裡頭治病救人的法子也難得，我得好好琢磨琢磨。」

無奈已經滾到了嘴邊的話，只能乖乖重新滾回到肚子裡。

連俊傑懊惱地揚起鞭子連抽了好幾下馬，馬兒疼得連連嘶鳴了好幾聲。

真是挫敗啊！他什麼時候這樣被小丫頭忽視、不耐煩地對待過，但更可惡的是這個故弄玄虛的東家！遮遮掩掩，不想旁人知道他的身分，他偏偏要把他的祖宗十八代都查個底朝天。

看樣子是得出動些手下的人，讓他們也活動活動了……

第六十五章

回去的路上只走了一半，天色突然暗了下來，很快便下起了滂沱大雨。

雨勢很大，路上都快要看不清了，但連俊傑沒停下，反而加快了速度。

葉紅袖坐在車裡都要淋了全身，趕緊爬到車頭。「連大哥，咱們要不先避避雨吧！雨勢太大，小心路上翻車。」

雨天路滑，馬兒跑得太快，視線又不好，有什麼危險一下子煞不住是極容易翻車的。

「不行，我給金寶定的時辰就是現在，我沒回去，便是天上下刀子，他都會堅持的。」

這就是他馬不停蹄要趕回去的原因。

「那你小心點。」

下這麼大的雨還在院子裡堅持紮馬步，葉紅袖聽著就心疼。

一刻鐘後，馬車到了連家門口，兩人一下車，果然看到瓢潑大雨中，有個小不點還在院中紮著馬步。

兩人一路揪著心的，但稍稍讓他們感到安慰的是有人此刻正護著金寶。

二妮撐著油紙傘站在金寶的面前，但雨勢太大傘太小，二妮的力氣也小，手上的油紙傘被風吹雨打得亂晃，兩人早就全身都濕透了。

「二妮，妳趕緊進去，小心淋濕了生病。」
紮著馬步的金寶這時候小腿已經在打顫了，但還是有耐心地勸二妮進去。
「我不要！我要陪著你，守著你！」小臉凍得蒼白的二妮堅決地搖頭。
「二妮，金寶。」
葉紅袖衝兩個小不點喊了一聲，朝他們奔了過去。
她接過二妮手上的油紙傘。「好了，咱們趕緊進屋去，小心生病。」
「不，我還差半個時辰，我得紮完。」
金寶蹲在原地，動都沒動一下。
「金寶，進去吧，這麼冷的天，這麼大的雨，真的會生病的。」二妮心疼地抓過他的小手，想要拽著他一道進屋。
「我不要，我要紮完！」
沒想到的是，二妮的小手剛碰到金寶，就被他甩開了。她猝不及防，腳下一個趔趄，摔進了旁邊的泥水地裡。
金寶當即愣住了。
「二妮……」葉紅袖急忙把二妮從水裡拽了起來。
小丫頭倒下去的時候也沒防備，吃了泥水，還把嘴唇磕破了，一嘴的血。
「金寶！你對女人動粗上癮了是吧！」這下，連俊傑徹底惱了，抬手在金寶的小屁股上狠狠揍了三下。「罰你必須蹲完一個時辰，沒有一個時辰，不准進屋，不准吃飯，也不准喊我爹！」

說完，他抱著二妮、拽著葉紅袖就進了屋，獨留傻眼的金寶一個人在雨中。

「連叔，你不要罰金寶了，我不疼，真的一點都不疼。」

一進屋，二妮就噘著受傷的小嘴，抓著連俊傑的胳膊為金寶求情。

「他連妳都會動粗，足見他有多可惡了，必須罰！」

其實他看著金寶一個人站在雨裡也心疼，也不忍心，可他更不敢想，要是自己有負重託，沒把金寶教好，往後去了地底下，他拿什麼顏面去面對楊大哥楊大嫂。

「金寶沒對我動粗，他只是不小心，不是故意的，連叔，你讓金寶進來吧，他會著涼生病的。」

二妮見連俊傑一臉憤怒，求情的時候眼淚忍不住嘩啦啦淌了下來，說完，還回頭看了一眼屋外。

連俊傑嘆了一口氣，隨後在二妮的面前蹲下，拉著她的小手開口。

「二妮，不是連叔我狠心，我這樣對他是為他好。」

可沒想到的是二妮一聽這話，卻氣得一把將他推開了，還氣呼呼地瞪著他。

「連叔才不好呢！你一點都不好，什麼都不知道就罰金寶！我不喜歡你！」

這個時候，葉紅袖打了熱水、拿了乾帕子來，聽了二妮這話便奇怪了，把手裡的東西放下。

「二妮這話是怎麼說的啊？」

這以前二妮和金寶一樣，對連俊傑從來都是又喜歡又崇敬的，覺得他是這個世上最有本事的人。

「昨天，花兒來找我們玩，她很霸道，總搶我的東西，還總是踢團子和圓子的屁股，牠們疼得嗷嗷叫。金寶就說不能欺負比她小的，也不能欺負團子和圓子，可花兒不但不聽，還罵金寶是沒娘的野種，金寶這才惱了，推了她一把。我和金寶都說好了，以後再也不跟她玩了。還有花兒的鼻子也不是金寶摔的，是她回去的時候又踢了圓子團子屁股，把牠們惹惱了，牠們追著要咬她，她逃跑的時候自己被絆倒才摔破鼻子的。連叔你壞，什麼都沒問清楚就罰金寶，金寶沒娘已經很可憐了，你還這樣罰他！」

二妮越說越心疼，這下哭得更厲害了。她口中的花兒正是隔壁王老實的外甥女，比金寶和二妮都要大兩歲。

「你還愣著幹什麼啊，趕緊去把金寶抱進來！」

葉紅袖推了愣神的連俊傑一把，他這才回過了神，轉身衝進雨幕。

把金寶抱進來的時候，小傢伙的兩條腿一直在打顫。

兩人急忙在屋裡給兩個小的擦身子換衣裳，因為家裡沒有二妮的衣裳，最後她只能穿了身金寶的衣裳。

換了衣裳後，葉紅袖又把她按在炕上，和連俊傑一人拿了一塊乾帕子幫他們擦頭髮。

「你為什麼不告訴我實情？」

連俊傑低頭看向進了屋後就一直低頭沈默不語的金寶。

金寶仍舊沒吭聲，一旁的二妮急了，忙替他開口。「因為金寶怕說了連叔你心裡會難過，金寶還說他確實動手推了花兒，該罰。」

聽了這話，連俊傑原本就愧疚的心更不是滋味了。小傢伙處處為他著想，他卻什麼都沒弄清楚就罰他。

連俊傑把金寶抱了起來，讓他看著自己。

「金寶，爹不會難過。花兒沒教養，說出來的那些話咱們自然不用聽，這世上唯一會讓爹覺得難過的事，是沒把你教好。以後不管發生了什麼事，不管有什麼內情，都一定要全都告訴爹，知道嗎？」

金寶看著連俊傑，沒點頭也沒吭聲。

二妮見他一直不說話，急了。「金寶，你趕緊說好啊，以後連叔再也不會亂罰你了。」

「爹，我……」

金寶終於張了張嘴，但聲音嘶啞，小臉泛著不對勁的紅暈。

「紅袖，金寶好像發燒了。」

連俊傑這時候也察覺到了他身上過於滾燙的溫度。

溫。

「我看看！」

葉紅袖急忙朝他們走了過來，伸手一摸，真的發燒了。

「趁現在雨勢小了些，你趕緊送二妮回去，再把我的藥箱拿來。」

她邊說邊把金寶身上剛穿好的衣裳全都解開。小傢伙全身和火一樣滾燙，得趕緊給他降溫。

連俊傑立馬送了二妮回去，沒多久就提著藥箱回來了。

這期間，葉紅袖擰了帕子給金寶擦身子，還拿銀簪子給他扎了幾針，藥熬好了以後，小傢伙也乖乖聽話全都喝了。

雨已經停了，看著炕上蓋著被子、露出紅彤彤的小臉蛋，迷迷糊糊睡著的金寶，葉紅袖忍不住又瞪了連俊傑一眼，氣得話都不想和他多說。

「我知道這事我不對，金寶著涼發燒，我心裡才是最不好受的那個，妳就別這樣對我了。」

連俊傑一臉愧疚。葉紅袖見他這個樣子，也不忍心。

「我去廚房熬些粥，等金寶醒了你餵給他吃。還有，晚上你得仔細著些，小孩子的高燒是最容易反覆發作的，他要是高燒再起，你一定要第一時間找我。」

「知道。」連俊傑點頭，守在炕邊沒動。

回去的時候，她對連俊傑千叮嚀萬囑咐了晚上需要注意的事項。

「妳放心，我知道該怎麼做。妳趕緊回去吧，天這麼晚了，妳娘和大哥會擔心的。」

去葉家拿藥箱的時候，葉常青和葉氏聽到金寶發燒了，也都擔心得不行。

「那成，晚上你一定要多注意觀察。」

回到楊家的時候，所有人都在堂屋裡等她。

「怎麼樣？金寶退燒了嗎？」葉氏最先開了口。

「暫時退了，但估計半夜又會燒起來，所以我可能會再過去一躺，晚上你們睡覺的時候聽到了什麼動靜也別奇怪。」

「小孩子發燒最是要緊了，去年隔壁村的石頭就是發燒了家人沒在意，第二天直接把腦子燒壞了。妳照顧金寶的時候，可得仔細注意著點。」葉氏又叮囑了她兩句。

「紅袖，妳過去的時候把這個也拿去，裡面是糖，金寶喝藥的時候，嘴裡肯定會苦得厲害。」

楊月紅把包好的一個牛皮紙遞給她。這還是前幾天她們一起在縣城逛集市買的。

「好，我先進去換身衣裳。」

轉身進屋的時候，她還悄悄抬眼看了楊月紅和葉常青一眼。

楊月紅端了個小凳子靠在門口，低頭忙著繡鞋墊，大哥葉常青則坐在桌旁，拿著本子記帳。

她注意到兩人雖然都是低著頭的，卻會時不時抬起眼皮往對方那邊瞄一眼。

兩個人心裡都有彼此，她不相信他們會這麼輕易放棄這份感情。

半夜，連俊傑果然來敲門了。

葉紅袖揹著藥箱出門的時候，葉常青不放心，也要跟著一道去。他急匆匆穿上的正是前兩天楊月紅熬夜做好的新衣裳。

三人趕到連家的時候，金寶燒得神智有些不清，縮在被窩裡喃喃自語。守在旁邊的連大娘一邊抹淚，一邊拍著他不停顫抖的小身子安慰。

「金寶啊，沒事的，你不會有事的，等你紅袖姨來了就好了。」

走到炕邊，葉紅袖才聽清了金寶的話。

「我不是野孩子……我有娘……我有娘的……我不是野孩子……不准你罵我是野孩子……」

說著說著，他突然嗚嗚咽咽地哭了起來。「我有娘的……我想我娘……娘……我要娘……我想要娘……」

豆大的淚珠從他閉著的眼睛裡滾落下來，瞬間灼痛了葉紅袖的心。

站在旁邊的連俊傑看到這一幕，心如刀絞。

這些年，金寶跟在自己身邊，從未當著自己的面說過一句有關娘的事，也從來沒有說過他想娘之類的話。

起先他以為楊大嫂去世得早，金寶年紀小，應該不懂這些。現在才知道，不是他不懂，是他怕自己難過，一直都在心裡壓抑著。

是啊，怎麼能不想，這世上哪裡會有不想娘的孩子？就像他自己，已經成人了，也這麼多年了，不也一直在心裡想著念著自己的親娘？

「金寶。」葉紅袖輕輕喊了聲。

「娘！」

誰知道，她一開口，燒迷糊了的金寶就這麼喊了一聲，嘶啞的聲音裡帶著期盼，帶著歡喜。

這聲娘，喊得葉紅袖的心更痛了。

「金寶，我是……」

紅袖姨三個字還沒說出口，金寶又迫不及待開口了。

「娘，我想妳……」

葉紅袖索性脫了鞋子爬上炕，小傢伙已經燒得神智不清了，她得趕緊給他施針。

可她一上炕，原本躺著的金寶卻爬了起來，眼睛還直盯著葉紅袖。

「金寶？」葉紅袖愣了一下。

「娘，妳為什麼不要金寶？為什麼妳要和爹爹妹妹一起走，就是不帶上金寶？娘，我不想和妳分開，妳帶金寶一起走啊！這樣就沒人會罵金寶是沒娘的野孩子了……」

金寶說完，哇的一聲撲進了她懷裡，小手緊緊圈著她的腰。

葉紅袖的眼眶瞬間紅了，她伸手抱住懷裡身子燙得像火球一樣的小傢伙。

「傻孩子，你不是沒娘的野孩子，你娘一直都在你身邊，永遠都會守在你身邊。看到你這麼懂事，這麼棒，我和爹還有妹妹不知道有多欣慰。」

「娘……」

金寶輕輕喊了一聲，隨後抬頭看著葉紅袖，臉上還掛著淚珠。

葉紅袖知道，小傢伙真的誤把自己當他的娘親了，他這麼看著自己，是想等自己的回應。

「嗯。」她笑著輕輕應了一聲。

金寶又喊了一聲。「娘！」

葉紅袖又笑著應了一聲。

可沒想到的是，金寶突然笑著跳了起來。「我有娘了，我有娘了！紅袖姨答應當我的娘了！」

這下，屋裡所有人都傻了。這……這難道是小傢伙演的一場戲？

葉紅袖的第一個反應是回頭看向站在炕邊的連俊傑，臉上帶著怒意。他竟然和金寶在這個時候合謀捉弄自己?!

可奇怪的是，連俊傑這個時候的表情也很吃驚，像是他一點也不知情的樣子。

「金寶！」
他衝金寶喊了一聲，聲音裡帶著怒意。
金寶回頭，臉上的歡喜瞬間消失。
「爹……」他喊了一聲，隨後小身子一軟，暈倒在葉紅袖的懷裡。
葉紅袖急忙給他把脈，知道他剛才說的那些話都是因為高燒引起的神智不清，並不是存心捉弄。
給他重新施針，待燒退了後，她才和其他人一道出了屋子。
「紅袖，妳都看到了，金寶他……」
「娘，別說了，時間不早了，妳早些歇息吧！」
連大娘的話被連俊傑沈聲打斷了，她只得回了隔壁房間。
「金寶是真喜歡妳啊！」
葉常青看向自己的妹妹。要不是真喜歡，也不會在病得神智不清的時候，還想著要她當自己的娘。
「我也喜歡他，看到小傢伙這個樣子，我心裡也不好受。可是我和連大哥都說好了，要一起等雲飛表哥回來，三個人當面把話說清楚，把事情解決了才會在一起。」
「你們能這樣，真好。」
葉常青的眼裡閃過一抹羨慕，臉色便黯淡了下來。

兩個人能這樣齊心協力解決問題多好，他有心想要克服那些擺在面前的困難，可她卻一個勁兒地躲著……

想起今天那個一直躲著自己，連看都不敢多看自己兩眼的人，葉常青就忍不住在心裡暗暗嘆氣。

「大哥，你不會就這麼放棄吧？」

葉紅袖知道自己大哥心裡在想什麼。

「我是不想放棄，可妳也看到了。」葉常青苦笑了一下。

「其實這也不能怪月紅姊，五嬸的性子她是最清楚的，她這兩年也是真被五嬸的病給折磨怕了。如今日子總算好過了一些，月紅姊哪裡敢賭啊！」葉紅袖還是比較清楚楊月紅心裡的顧慮，也理解她的難處。

「我知道，所以我才不逼她。」

正是因為知道和理解，葉常青才更痛苦。

「你也別太著急，橋到船頭自然直，你和月紅姊要是有緣分，老天爺是不會拆散你們的。」

感情的事最是急不得，她也只能這樣安慰大哥。

「只能先這樣了。」

見大哥的臉色稍稍好了一些，她不放心，又轉身進了房間去守著金寶。

隨後屋外傳來了低低的交談聲，但連俊傑和葉常青都刻意壓低聲量，屋裡的她也不是聽得特別清楚。

她只模模糊糊地聽到了一個什麼海家，隨後又聽到了個戚家軍，後面又斷斷續續說了什麼將軍會來，再來就什麼都沒有了。

第六十六章

隔天清早，金寶的燒終於徹底退了，但終歸大病了一場，小傢伙一點精神都沒有，小臉也白得厲害。

早飯都是靠在炕上，葉紅袖親手一口一口餵的。

金寶這幾年還沒被人這樣仔細照顧過，喝粥的時候眼眶總是紅紅的。

「紅袖姨，我昨晚作了個夢。」把最後一口粥喝了後，金寶眨巴著大眼睛看向葉紅袖。

「哦，做了什麼夢啊？」葉紅袖邊拿帕子給他擦嘴，邊笑著問。

「我夢見我娘了。」

葉紅袖收回帕子的手僵在半空中。

按理說，人在高燒時做出的那些舉動，是記不住的，可小傢伙好像記得。

「是嗎？那你娘是什麼樣的啊？」

「我娘是個小仙女，她說她一直都在天上看著我，在天上看著的，那不就是小仙女了嗎？」

金寶這話逗得葉紅袖噗哧笑了出來。到底是小孩子，心性單純，願意相信自己那些寬慰的話。

「是啊，你娘是個小仙女，往後莫再因為別人的那些胡話生氣了。」

「可是，我還想要個不是小仙女的娘，這樣我爹生氣罰我了，我娘一生氣瞪著他，我爹就不敢罰我了。」

「你這話都是哪裡學來的？」葉紅袖笑得更厲害了。

「二妮說的啊，二妮說每次她惹她爹生氣了，她爹要罰她，她娘一瞪眼，她爹就立馬不敢了。這麼厲害的娘，我也想要。」金寶嘿嘿笑了兩聲，隨後又抬頭看向葉紅袖。「紅袖姨，我爹誰都不怕，就怕妳，妳一瞪眼，我爹就慫了，要不妳當我的娘吧！」

金寶的話讓端著藥走到房門口的連俊傑頓時黑了臉。

慫？臭小子竟然敢在他的身上用慫這個字，他是活膩了嗎？

葉紅袖正不知道該如何回話，眼角就瞥到了黑著臉站在房門口的連俊傑。

「這下你慘了。」她笑著摸了摸小金寶的腦袋。

「妳要給我當娘了，慘的不是我，是爹！這下他有人管著了，就不會天不怕地不怕了。」

背對著房門的金寶還沒發現距離自己越來越近的連俊傑。

「我說慘的，是你的小屁股。」

葉紅袖捏了捏他的鼻子，然後指了指他身後。

金寶一回頭，對上連俊傑黑如鍋底的臉，立馬傻眼了。

「爹，我……」

「喝藥了！」

他才剛開口，連俊傑就捏住了他的小鼻子，把黑乎乎如墨汁一般的藥灌進了他的嘴裡。金寶猝不及防，想要掙扎，但小鼻子被死死捏住了，他只能張嘴，把倒進了嘴裡的藥汁喝下去。

這藥真苦，真難喝啊！他還被嗆到了，原本沒什麼血色的小臉咳出了紅暈。

「誰慫啊？」把藥餵完了以後，連俊傑挑眉看向他。

「我、我……爹，我慫，我最慫！」

「好了，你有完沒完啊，金寶還是病人呢！你過來，我有事要你做。」

葉紅袖看不下去了，厲聲喊了他過來。

自己的小青梅開口了，還是不容置疑的口氣，連俊傑哪裡敢不聽，最後狠狠瞪了一眼金寶，乖乖出去了。

「爹……真慫……」

連俊傑原以為葉紅袖有事讓自己做，只是幫金寶解圍的一個藉口，沒想到她指了指掛在牆上的弓箭。

「你上山幫我獵幾隻野兔子來吧，我有用。」

「妳想吃野味了？」

「不是，那本《難經要略》裡有很多珍貴的醫理藥方，我想邊琢磨邊實踐，但我還沒徹底琢磨透，也不能用在人身上，所有打算先在這些小畜牲的身上試試。」

「成，那我現在就上山，妳在家裡等著，不用一個時辰我就能回來。」

連俊傑本就有要上山的打算，立馬揹上弓箭。

就在他走到院門口之際，海生著急慌忙地奔了進來。

「連大哥、紅袖姊，不好了，程天順不見了！」

一聽聞，葉紅袖忙奔過去。

「你說的是真的？」

「是真的！昨天突然下大雨，住在他們家隔壁的東叔說，昨天下雨時好像看到有人來程家，沒多久就看到程天順和他一道走了。我問東叔有看清找他的人是誰嗎？東叔說雨太大，看不清。」

「連大哥，現在怎麼辦？」葉紅袖抬頭看向連俊傑。

「我早就料到他會待不住，他程天順就是逃到天涯海角都沒用。你不是一直想和我上山學本事嗎？我現在就帶你上山。」說著，連俊傑便把身上揹著的弓箭拿下來遞給海生。

「啊，現在啊？」海生一臉驚詫，完全不敢相信。

「難道你還想挑個良辰吉日？」

「不、不，去！我現在就和你去！」海生立馬笑呵呵地把弓箭揹上。

葉紅袖見他一臉淡定，還有心思和海生開玩笑，便知道程天順逃跑之事，他確實是心裡有底的，這才稍稍鬆了一口氣。

後山的路因為昨天的大雨，所以極其泥濘難走，但連俊傑卻步履輕鬆，完全不費力，這可就苦了緊緊跟在身後的海生了。

他也是打小就在山裡摸爬滾打長大，上山下山原也不是什麼吃力的事情，可現在跟在連俊傑的身後，他卻心有餘而力不足了。

「怎麼，累了？累了的話，咱們就歇歇。」連俊傑回頭看了一眼累得呼哧帶喘的海生。

「不，不累！我不累！」海生衝他連連擺手，口是心非地道。

「前面有條小溪，你去洗洗吧，這臉上都髒成什麼樣了。我在附近轉轉。」

海生注意到，連俊傑說話的時候一直抬頭到處打量，好像在找什麼東西。

「好。」

話音才剛落，連俊傑就立馬轉身消失了。

海生蹲在溪邊，伸手撥了撥水面，剛掬起一捧清水，突然躥出了一個黑色的影子。

那人在海生的身後伸手推了一把，海生猝不及防，整個腦袋都扎進了水裡。猛灌了一口水的海生急忙從水裡爬起來。

「誰?!」

他怒氣沖沖地回頭，卻對上一張既醜陋又猙獰的面孔，嚇得差點魂都沒了。這張又醜又髒的面孔還露出一口又黃又爛的牙齒。「不能喝！死人的！」

「你是誰？你胡說八道什麼呢！」

海生被熏得連連後退，可他身後就是小溪，已經是無路可退了。

「不能喝！會死人的！所有人都不能喝！會死人的！」

那人像是沒聽到海生的質問，不停在口中喃喃著這句話。

「什麼不能喝？我當然知道這溪水不能喝，我是拿來洗臉的！」海生也怒了，沒想到會突然碰到這樣一個瘋子。

「洗臉啊……」

這次，那人好像總算聽進去了，看著他的眼睛裡閃過一絲內疚。

回過神的海生，這次也看出了這人好像是個姑娘。但這麼髒、這麼醜又這麼臭的姑娘，他還是生平第一次見到。

可是再看她說話的神情，還有舉止和動作，總覺得有些眼熟……

他想了好半天，終於知道為什麼會眼熟了，她這瘋瘋癲癲、自說自話的樣子和楊五嬸發病的時候像極了。莫非她也是個傻的？

「妳是誰？為什麼會在這裡？妳的家人呢？」

海生很有耐心地問。如果她真是個傻的，家人肯定會著急。

「不喝！不能喝！會死人！真的會死人！」

可那姑娘像是沒聽到他的話，只衝著他連連擺手，指著溪水。

「那為什麼會死人呢？」

海生把話問出來了，真覺得自己沒腦子。

這姑娘是個傻子，從傻子的嘴裡能問出什麼有用的話呢？

「會得病！得吐血的病！會死人！所有人都會死！全都會死光光！」

那姑娘說話的時候，望著海生的眼睛透著驚恐，身子都止不住地顫抖。

她這驚恐害怕的樣子，看著不像是裝出來的，海生也覺得好像她說的是真的，並且親身經歷過一樣。

可是，她是個傻子，傻子的話怎麼能信呢？

「姑娘，妳家在哪兒？我送妳回家吧！」海生覺得這才是最妥當的辦法。

誰知道，那姑娘卻突然翻臉，怒氣騰騰地吼了起來。

「誰是姑娘？這裡沒有姑娘！我不是姑娘！我也沒有家，都死了，都死光光了！」

同時，盯著海生的眼裡還透著一絲猙獰凶殘。

海生被她突如其來的變臉嚇得連連後退了好幾步，一個沒站穩，差點又一頭栽進了溪裡。

而就在這時，林子裡突然響起了兩聲口哨。

那姑娘抬起頭，臉上的猙獰和凶殘瞬間變成驚恐。

「來了……來了！那人來了！他們來了！」她抱著腦袋，說著海生完全聽不懂的話。

「什麼來了？誰來了？」

海生見她的樣子實在怪異，而且這突然響起的口哨聲也奇怪，他心裡跟著犯怵，也打量了一下周邊，怕又躥出了什麼駭人的東西。

但周邊還是靜悄悄的，什麼都沒有。

就在這時，林子裡又響起了口哨聲，不多不少，正好又是兩聲。

「來了、來了！他們真的來了！要死人了……要死人了！要全都死光光了！」

再響起的口哨聲讓海生沒來得及反應，那姑娘就抱著頭，嚷嚷著躥走了。

那姑娘突然來去，要不是海生的頭髮還在濕答答地往下淌著泥水，他會懷疑剛剛的一切都是自己的錯覺。

連俊傑一回來就看到他一頭泥水，呆愣愣地站在小溪邊。

他蹙眉靠近，見海生眼神渙散，好似七魂不見了三魄。

「海生、海生！」他伸手在他面前揮了揮。

海生這才猛地回過了神。

「我讓你把臉洗乾淨，你這是？」

連俊傑指了指他，看著像是把腦袋整個扎進水裡了，還扎得很深，不然不會滿頭的泥。

「連大哥，你剛剛有聽到奇怪的口哨聲嗎？」海生沒回他的話，反問了他一句。

「口哨是我吹的，怎麼了？」

這便是連俊傑要上山的目的。他在給故友傳信，告訴他們程天順逃跑了，也順便讓他們把濟世堂東家的身分查出來。

後山一直有他養的信鴿，開始的兩聲口哨是喚信鴿過來，後面的兩聲口哨是讓信鴿出去。

「連大哥，你好端端地吹口哨幹麼啊？」

靜謐的山林子裡突然響起兩聲口哨就已經夠嚇人的了，這裡還有個瘋子，海生真是差點被嚇得沒了魂。

「吹著好玩。」連俊傑臉上表情淡淡，看不出這話是真是假。

「那、那你剛才有看到一個瘋子嗎？就是這個瘋子突然躥了出來，把我推進水裡的，還說什麼這水不能喝，喝了會死人。聽到你的口哨聲又說什麼他們來了，會全都死光光，又突然跑了。」

那姑娘時而瘋癲、時而猙獰的面孔，海生現在想起來都有些不寒而慄。

「你既然都知道她是個瘋子了，做什麼還在意她說的話？當初五嬸發瘋的時候，說的話旁人不也聽不明白？」海生臉上的驚恐把連俊傑逗笑了。

「也是，一個瘋子，我記著她的瘋話做什麼？」海生點頭，覺得連大哥這話在理。

「好了，趕緊洗洗吧。我帶你去狩獵。」

自己的事辦完了，接下來就得把紅袖交給他的事情做好。

連俊傑說不用一個時辰真就不用一個時辰，屋裡，葉紅袖剛哄金寶睡下，外頭就響起了他的說話聲。

連俊傑從獵物裡挑了兩隻最肥的野雞野鴨塞給海生，隨後把抓住的活野兔全都扔進了院子的狼窩裡。

團子圓子還小，不具備攻擊性，從前也沒和野兔子打過交道，連俊傑一下子扔進去五、六隻活蹦亂跳的野兔子，還把牠們都嚇了一跳。

「你徒手抓的？」葉紅袖見那些野兔的身上沒有傷口。

「妳要試方子，要的肯定得是健康的，傷的殘的病的死的都不行，那我就只能徒手抓了。怎麼樣，還滿意嗎？」

連俊傑一臉得意地看著她。他得在她面前挽回些面子，臭小子說他慫，能徒手抓野兔的男人可一點都不慫啊！

「當然滿意，你最有本事了！」

葉紅袖知道他心裡的小九九，便順了他的意誇了一句。

「對了，海生滿頭泥水是怎麼回事？這些都是你徒手抓的，怎麼弄得好像他多辛苦一樣。」

「好像說他碰到了一個瘋子，那瘋子說什麼水不能喝，喝了會死人，又說什麼全都死光光了，我也不是特別清楚。」

「說喝了水會死的瘋子？我上次也碰到了！」他的話讓葉紅袖立馬想起了上次在藥田碰到的瘋子姑娘。

「妳也碰到了？怎麼回事？」

葉紅袖便將自己上次碰到那個瘋姑娘的事一五一十地告訴了他。

「我還以為那個瘋姑娘應該早就走了呢，沒想到她竟然還在山上。」

「聽妳這樣說，她應該經常在藥田附近出沒，往後妳和楊月紅上山一定要小心點，最好喊上我，要麼妳大哥也行。」連俊傑覺得這樣神智不清的人還是要遠離些才好。

「嗯，我會的。但我覺得這個姑娘很奇怪，她三番兩次不讓上山的人喝水，又說喝了會死人，我聽著怎麼覺得她這是個提醒呢？」

起先她也沒把那個瘋姑娘當一回事，但今天又聽到，卻覺得這裡有蹊蹺了。

第六十七章

回去時，葉紅袖把那幾隻野兔子全都抓進了籠子裡，又拿了兩隻又肥又壯的野雞野鴨。

最近這段時間，大夥兒都又忙又累，確實是該好好補補身子。

這時，葉常青來了，接過妹妹手裡的野貨時，連俊傑衝他開了口。

「金寶還沒好徹底，需要人照顧，這段時間，海家那邊我就不再過去了，從明天起，你陪紅袖一道過去。」

「成。」葉常青很爽快地點了頭。

從連家出來，葉紅袖看向大哥，他竟然唇帶微笑，好像很高興。

他不是前天和月紅姊沒談好，這兩天心情一直都不爽快，怎麼現在還笑了？

「大哥，你昨晚和連大哥聊什麼了？」她覺得大哥怪異的舉動和昨晚他們聊的事有關係。

「俊傑說過些日子戚家軍的將軍應該會過來，讓我好好把握機會。」

談起自己心目中如戰神一般存在的戚家軍將軍，葉常青的眼裡和臉上都是無法抑制的崇拜。

「就是那個醜得和鍾馗一樣的將軍要來？」

和葉常青的崇拜不同，說起這個戰功赫赫的將軍，葉紅袖卻是一臉嫌棄。

「妹妹，妳不能以貌取人。」

葉常青有些失望。

「大哥，真不是我以貌取人，覺得他長得醜才這樣嫌棄，而是一個大男人動不動就罵髒話，還一張嘴就噴出一嘴的唾沫，這誰看著受得了啊？最主要的是他還不誠實啊。你說醜就醜一點吧！還說自己長得玉樹臨風，面如冠玉，他撒這些謊的時候，都不臊得慌嗎？這樣的人就是再厲害，再有戰功也讓人不敢恭維啊！怪不得年紀一大把了還娶不著媳婦兒。」葉紅袖覺得他娶不著媳婦兒是有道理的。

「唉呀，妳別這樣說，軍隊裡好多事情妳不懂，而且這人到底是怎麼樣的，還得是見了面才知道。」

葉紅袖的嫌棄和不滿並未動搖那個大將軍在葉常青心目中的形象。

「大哥，我怎麼見你現在有種化悲憤為動力的感覺？是想著情場上失意了，職場上想得意一把嗎？」葉紅袖笑著打趣。

「什麼情場職場的，我只知道過幾天就能看到二弟了。」

葉常青這麼一說，她才想起二哥的考試快到最後一天了，考完了，二哥就該回來了。

第二天，葉紅袖、葉常青特地起了個大早，趕往海家。

兩人走到房門口時，屋裡傳來了兩個聲音。

「大少爺，這裡就只有你我兩個人，沒關係的。」

「妳……別這樣……妳別扒啊……妳別這樣……」

葉紅袖和葉常青對看了一眼，兩人的臉上都露出了一抹尷尬之色。

葉紅袖深吸了一口氣，推開房門。

海景軒現在的身子可不適合做任何劇烈運動，所以再尷尬，她都得進去阻止他們。

房門嘎吱一聲被推開後，床上的二人也嚇了一跳。

床上，丫鬟在上，海景軒在下，兩人的雙手緊緊揪著他們之間那塊薄薄的紗布。這個姿勢，這樣的動作，看著可真像是丫鬟要霸王硬上弓。

丫鬟先是愣了一下，隨即紅著臉從床上爬下來，但因為慌亂，手上的紗布被她一道扯了下來，只蓋著紗布的海景軒身上立刻光溜溜的。

海景軒出於本能反應，便用雙手緊緊捂住了自己的下身。

「妳幹什麼？」葉紅袖邊問邊把丫鬟手裡的紗布扯還給了海景軒。

「不是你們想的那樣，大少爺的身子癢得厲害，可他自己又抓不到，我說我幫他，他又不肯。」

丫鬟低著頭，臉紅得就像著了火，壓根兒不敢去看葉紅袖和葉常青。

「癢？」

葉紅袖回頭，躺在床上的海景軒卻不敢看他們，把頭撇向裡邊。

「嗯，大少爺今天一早醒來就說身上癢，可他滿身傷口又不能抓，我就拿著扇子輕輕給他搧著，希望症狀能減輕一些。」

丫鬟走到床邊，撿起她剛剛扔在床裡邊的扇子。

「我看看。」

葉紅袖走到床邊，伸手想把海景軒蓋在身上的紗布給掀了，可他卻緊緊抓著，怎麼都不放手。

她笑了，也知道他顧慮什麼。

「大少爺，我是大夫，在我的眼裡只有病人，沒有不該看的東西。你說你身上癢，我看是我開的那些藥起作用了。你讓我看看癢的那些地方，後面我得根據情況把藥做個調整。」

葉紅袖坐下，將那些傷口仔細檢查了一遍。恢復的情況比她預想的要好很多，且看海景軒的精神也恢復了。

「癢是好事，證明傷口在癒合，我等會兒給你開些止癢的藥膏，搽了能好受些。」

「有勞葉姑娘了。」海景軒很客氣地道了謝。

從海家出來後，她主動和葉常青說起了牛鼻子深山裡的事。

「爹的醫具？妳的手串？怎麼可能？」葉常青一臉的不可置信。

「我和連大哥見到的那一刻也覺得不可能，可是是真的。更奇怪的是，等我們第二次進山時，醫具就不見了。」

「這些事，妳為什麼不早告訴我？」正在趕車的葉常青拉著韁繩停了下來，定定地看著妹妹。

「你一回來就接二連三發生了這麼多事，怎麼和你說？我和連大哥也一直都在查這事，但到現在為止，還是一點頭緒都沒有。現在你的身子好了，二哥也馬上就要回來了，這事關係到爹，我想著咱們兄妹幾個應該聯手把事情查清楚。」

葉常青的臉色這才稍稍好了一些。

「對了，大哥，當年爹出事的時候，你有沒有覺得哪裡不對勁？我現在覺得爹的死，有蹊蹺。」

「也沒不對勁，爹被扛下山的時候，已經被猛獸抓得面目全非，娘怕我們看了傷心難過，都沒讓我們多看幾眼。」當年的事，葉常青印象還是很深刻的。「倒是妳，我們給爹辦後事的時候，妳躺在床上燒得迷糊，一直喊著什麼有鬼，有鬼在追妳，我們那個時候都嚇壞了。娘還特地請了隔壁村的靈姑來，說是怕爹捨不得妳，不肯走。」

「鬼？」

葉紅袖低下頭，腦子裡第一個閃過的是那些青面獠牙的黑衣人。她那個時候年紀小，口中的鬼肯定是這個。

「那我還說什麼了嗎？」

葉紅袖追問。其實她到現在都還沒弄清那個是不是只是自己的夢。

「哭著喊著讓俊傑不要扔下妳一個人，那個時候我們都以為俊傑死了，妳那樣說，更把娘給嚇到了。」

聽到這裡，葉紅袖的心裡閃過一絲不知道是什麼滋味的複雜情緒。

「那還有嗎？」她抬頭看向葉常青。

「沒了，再後面妳就已經燒得不省人事了，氣息也弱下來了，水都餵不進去。靈姑說這樣下去不行，得想辦法沖喜把妳留住，不然真會被帶走。她一說完，守在妳身邊的雲飛立馬就把妳從炕上抱了起來。神奇的是，他和妳拜天地的當晚，妳就慢慢退燒了，第二天就醒了。可惜的是，第三天雲飛就留下書信和銀子走了。」

葉紅袖沒想到聊著聊著，突然又扯出了陳雲飛。

其實對陳雲飛，她心裡也是有很多疑問的。

「大哥，你覺得雲飛表哥是個什麼樣的人呢？」

她對雲飛表哥是真的沒什麼印象，到現在為止，印象最深的只有他手上虎口位置上的那道疤。

「他這個人心思深沈，剛開始來家裡的時候，一副少爺作派，我們都不喜歡他，也就妳和娘對他要好些。他和我們也不親近，只對妳不一樣，妳和爹出事了以後，我們都沒想到他會為妳賣身。」

葉常青也說不出自己對這個表弟是什麼感覺，雖然日日夜夜一個屋簷下相處了幾年，但就是和他親近不起來。

「妳真要和俊傑等他回來嗎？那可是十年的賣身契，足足還有五年啊！」

「當然要等。你也知道才過了五年，誰能知道這五年他都吃了什麼樣的苦，更何況這些苦他都是為了我才吃的，我要是什麼都不顧就和連大哥在一起，那我就是不仁不義之人了。我做不出來，娘也不會同意的。」

「那也只能等了。最主要的是俊傑願意陪妳一起等，這才是最難能可貴的。」

看到妹妹和連俊傑的感情這麼好，葉常青的心裡又不由自主地湧起羨慕之情。

想起家裡那個現在對自己避之唯恐不及的人，他的眸色便又黯淡了兩分。

回到楊家時，葉氏正在廚房做飯，葉紅袖忙完手裡的活兒便進去幫忙。

「娘，二哥就要回來了，考試的結果也會公布，要是沒達到妳的期望，妳別難過，旁人說什麼，妳也不要在意。」

衛得韜和連俊傑給葉黎剛的建議，葉氏到現在都還不知道。

「怎麼了？聽妳這話，意思是這次妳二哥考不好了？妳可別亂說話，妳二哥怎麼可能考不好，村子裡的人這些天都在偷偷議論呢，說這次的解元妳二哥跑不了！咱們家現在可就指著妳二哥光宗耀祖了，妳爹泉下有知，看到了也會欣慰的。」

提起自己這個兒子，葉氏一臉的欣慰和自豪。

「娘……」

「妳別再亂說了，我前兒都和菊花她們說了，等黎剛回來了，我請她們在家裡吃飯喝酒，妳可別壞了我的興致啊，我最近就指著這件事高興呢！」

葉紅袖見她的興致確實是高，雖不忍掃了她的興，但還是堅持把話說出來。

「娘，我說的是真的，這次的解元不會是二哥，這是他老師還有連大哥的意思。」

「什麼？」葉氏拿在手裡的鍋鏟抖了一下，鍋鏟裡的菜都抖了出來。「他們憑什麼不讓我兒子考好？憑什麼？」

不明就裡的葉氏氣得把鍋鏟往鍋裡狠狠砸了去，砸出的聲響嚇了葉紅袖一跳。

「娘，槍打出頭鳥這句老話妳聽過嗎？二哥的老師和連大哥都這樣建議，自然有他們的道理，他們都是見過世面的，這樣是為二哥好。還有，郝知縣現在走了，二哥更得收斂鋒芒，咱們家現在這樣的情況，保不定背後還有什麼奸詐的小人在盯著咱們。妳不也看到程天順突然就不見了嗎？這裡面都是有牽連的。」

葉紅袖把自己知道的內情用最淺顯的話解釋給葉氏聽。葉氏一個鄉下的婦道人家，也沒完全明白女兒的意思，但見她說得認真，聽到這裡頭牽扯出了知縣和程天順，似懂非懂地跟著點了點頭。

第六十八章

早上，葉家人剛起床，外面就傳來了敲門聲。那架勢，好像要把院門給砸了似的。

葉常青跑去開門，砸門的是海生。

「常青哥，紅袖姊，葉嬸，你們都趕緊出來啊！黎剛哥回來了！已經到村口了，聽說中了舉人呢！我爹去買炮仗了，說這是咱們赤門村幾百年出的第一個舉人，得好好光耀一下咱們赤門村！」

「真的只是中了個舉人啊……」

雖然已經有了準備，但葉氏臉上的失望之色還是掩飾不住。

「娘，走吧！妳也聽到了，咱們赤門村幾百年才出了第一個舉人呢！二哥不管怎樣都讓咱們家在赤門村揚眉吐氣了！」

「這倒是。」葉氏的臉色這才終於稍稍好了一些。

兩人到村口的時候，村口已經圍滿看熱鬧的村民，炮仗也點起來了。

菊咬金買了一串最長最大的炮仗，直震得大夥兒耳朵都要聾了才點完。

葉紅袖遠遠看到穿著一身淺藍色衣裳的二哥用袖子緊緊護著懷裡的阮覓兒，炮仗放完後，還先看看了她有沒有被嚇著或被炮仗屑濺著。

阮覓兒笑著衝他搖了搖頭，一下子從他懷裡鑽了出來，跑到了葉紅袖和葉氏身邊。

「三姊，嬸嬸。」

「鬼靈精，總算知道回來看我了！」葉氏忍不住拉著她到跟前，好好打量了一遍。

小丫頭好些日子沒見到，看起來好像瘦了一些，但身子摸起來還是軟軟的，到底是曾經嬌養過的小姐。

「嬸嬸，二哥考了第五名，妳心裡千萬不要難過啊！他真的很厲害了，老不正經先生讓他考第五名，他就考了第五名，一名都不差！」

阮覓兒悄悄在葉氏耳邊用只有她們才能聽到的聲音開口。

原本第一名和第五名這巨大的落差，葉氏心裡還是怎麼都接受不了的，總有些不是滋味，可聽到小丫頭這麼說，她又釋懷了。

「是啊，我家老二最厲害了！」

說完，她笑呵呵地牽著阮覓兒朝葉黎剛走了過去。葉黎剛的胸前還被菊咬金披上了一朵大紅花。

「娘。」葉黎剛只喊了一聲，並未多說什麼。

「我兒給咱們葉家爭氣了，你爹看到會高興的！」

說著說著，葉氏的眼眶便紅了。葉家的日子，可真真算是苦盡甘來了。

「嬸嬸，今天是高興的日子，不哭，妳難過了，二哥心裡也會不好受的。」阮覓兒邊說邊踮起腳尖，抽出自己的帕子給她擦淚。

「小丫頭，嬸嬸不是難過，是高興的。」

怕兒子誤會自己是因為他沒考上解元而難過，葉氏急忙抹了淚。

「走，咱們趕緊去祠堂，這麼大的喜事，一定要去祠堂拜一拜咱們赤門村的老祖宗！」

「哎喲，不過就是中了一個舉人而已，這陣仗怎麼弄得就像是中了解元一樣呢？葉黎剛，你好意思嗎？」

「對呀，也不知道他哪來的臉。」

就在村民簇擁著葉黎剛要往赤門村的祠堂走去之時，躺在祠堂門口長凳上的齊三、黃四突然陰陽怪氣地開了口。

「齊三、黃四，你們胡咧咧什麼？」菊咬金站了出來，衝他們二人呵斥了起來。

「我們胡咧咧？不過就是中了個舉人而已，有什麼了不起的，真給咱們赤門村光宗耀祖的是姓葉，可不是他葉黎剛。菊咬金，虧你還是村長呢！你的消息怎麼這麼不靈通？趕早下位得了，還不如讓我這個百事通當呢！」

「你們要再胡說八道，我可今兒就把你們趕出赤門村了！」

菊咬金也惱了，這兩個整天就知道抓貓遛狗的不正經玩意兒，他早就想趕出村了。

齊三、黃四嚇得一激靈，急忙開口。「葉黎剛不過就是中了個舉人而已，你們知道中了解元的是誰嗎？」

「你剛剛說他是咱們赤門村的，也是姓葉的，難不成是葉淩霄？」有人一下猜了出來。

「怎麼可能？肯定是搞錯了！葉淩霄打小就樣樣都不如黎剛，怎麼這次中解元的會是他？」

「對啊，前兒我還聽書院的學生說他們都看好黎剛呢，肯定是搞錯了！」有村民質疑，葉淩霄沒搬出赤門村之前，也算是在大夥兒的眼皮子底下長大的。

「嘿，那就是你們都看走眼了，這次淩霄兒終於揚眉吐氣了，中了解元。淩霄兒還說，讓咱們都在這裡等著，他會回來拜謝赤門村的祖宗保佑，還說要請咱們村子裡的男人都去縣城最大的酒樓喝酒呢！」

黃四一臉洋洋得意，堆滿肥肉的臉上擠滿了笑容。

「黎剛，他們說的是真的嗎？」

菊咬金不相信，其他村民也都齊刷刷朝葉黎剛這邊看了過來，大夥兒的表情都是一樣的不相信。

葉黎剛表情淡淡地點了點頭，說了個是，臉上看不出喜怒哀樂。

「真……真的？」菊咬金還是不願相信。

「是真的，他說了他會回來的，估摸這個時候已經快要到村口了，你們都趕緊過去吧！」

葉黎剛說完這句話，就把身上的大紅花摘下來還給菊咬金，然後走到阮覓兒身邊，牽起她的小手朝自家走去。

葉家人剛走，赤門村村口就響起了敲鑼打鼓的聲音，葉紅袖回頭，是坐著白馬、掛著大紅花回來的葉淩霄。

葉淩霄看到了轉身離去的葉家人。

他心裡閃過一絲懊惱，從考場出來到放榜，他都未和葉黎剛打過一個正式照面，想要在他面前威風一把都不行。

他大老遠趕回來，就是想來奚落葉黎剛一番。他要向那些一直覺得自己不如葉黎剛的人證明，他葉淩霄其實是處處都比他強的，他們都看走眼了。

不過，也不急在這一時。

葉淩霄笑了笑，隨後在眾人的簇擁下朝赤門村的祠堂走去。

葉家院子裡，阮覓兒歪著腦袋看著已經蓋好了一半的新家。

「三姊，這就是咱們新家嗎？」

「對啊，咱們的新家可大了，到時不只有堂屋、廚房，還有醫館，也有二哥的書房，咱們都有自己的房間，還有妳的呢。」

其實葉紅袖說的大，在阮覓兒聽來並不大。她先前在京城的家可是三進三出的大宅院，光是下人住的後罩房都比葉家的這個新房子要大得多。

不過只要能和二哥在一起，不管住什麼樣的房子都可以。

「那我的房間能挨著二哥的嗎？」她抬頭，眨巴著大眼睛看向葉紅袖。

「妳就這麼喜歡二哥啊？挨著三姊不好嗎？」

葉紅袖故意逗她。這小丫頭的大眼睛衝自己眨呀眨的，眨得她的心都要化了。

大戶人家嬌養出來的小姐就是不一樣，粉粉嫩嫩的，看著就喜人。

「二哥說他現在考完了，得教我看書認字了，老不正經先生也說我要好好學習，不能辜負了我爹娘的期望。」

「咱們的覓兒是得好好學習。」葉紅袖點了點頭，表示贊同。

阮覓兒和葉紅袖在屋外聊天，葉常青帶著葉黎剛在蓋了一半的新房子裡邊參觀邊聊天。

「葉淩霄已經向新來的知縣毛遂自薦去當師爺了。」

葉黎剛面無表情地說出這句話，又忍不住回頭看了一眼院子裡粉嫩嫩的身影。

「去給那個糊塗知縣當師爺？」

「我和老師早就料到了。」葉黎剛冷笑道：「官場渾濁，誰是真小人，誰是假君子，沒個幾年是辨別不出來的。老師說我性子直，眼裡又容不得沙子，若是再披著解元、會元、狀元這樣的名聲入官場，必定會惹來旁人眼紅，真槍暗刀防不勝防。葉淩霄性子高傲，現在中了解元正是意氣風發之時，加上給新知縣當師爺，他的眼睛肯定已經長到頭頂上去了。」

他不與葉淩霄正面對峙，就是想讓他給自己當官場的試金石。

葉常青看著弟弟，突然對他刮目相看了起來。沒想到他能想得這麼長遠，也沒想到他的心思能埋得這麼深沈。

還真是喜怒不形於色啊！以前他只聽旁人用這樣的話形容戚家軍的大將軍，沒想到如今這句話用在自己二弟的身上也合適。

葉常青越想越高興，可等他轉身看到站在院門口的人後，笑意瞬間凝結了。站在院門口的，正是葉淩霄。

他的身後，除了在白鷺書院幾個常見的狗腿子之外，又新添了齊三、黃四兩條毛腿子。

「葉黎剛，我們是特地來喊你去喝酒的！淩霄兄今晚把香味閣整個包下來了，他說你們好歹都姓葉，特地給你們留了一桌，你們都趕緊吧！看你們的樣子估計都大半年沒沾過葷腥了，今兒給你們一個敞開了肚皮吃的機會！」

齊三說完，還伸手摸了摸嘴上的八字鬍。

巴結葉淩霄和巴結程天順可不一樣，程天順幹得再好，頂了天也就是個衙門裡的小捕頭，但葉淩霄不一樣。今兒是解元，明兒是知縣大人的幕僚，來年春闈有知縣大人保駕護航，狀元是鐵定跑不了的。往後可就是直上青雲了，跟著他好好混，保不齊還能沾光，也混個哪裡的小官當當呢！這可比給程天順跑腿要有盼頭多了。

「吵死了，誰家的狗沒看好，跑來我們家門口亂吠的！」

沒想到的是齊三的話音剛落，阮覓兒就指著他叫了起來。

「死丫頭，妳胡說什麼，妳看我不撕了妳的嘴！」

當眾被一個黃毛丫頭指著罵，齊三怒了，捋起袖子就要衝進葉家院子。

「齊三，你敢！」

喜怒不形於色的葉黎剛終於露出怒氣了。

他將阮覓兒護在身後，瞪著齊三的眸子幽黑似深潭，加上他身上讓人森寒的氣場，齊三突然慫了。

「唉呀，這大喜的日子鬧什麼呢！凌霄兄這不是好心想請你們去吃肉喝酒，讓你們也沾沾他的光和喜氣嘛！再說了，你雖然只考了個第五，但終歸也有個舉人的名頭不是？雖然之前總說這解元非你莫屬，但有時候話不能說太滿，別最後弄得自己丟了臉面。」

黃四見狀不對，立刻以和事佬的身分站了出來，可說著說著又不對勁了，最後明擺著奚落葉黎剛和葉家。

這個時候，一直都沒怎麼吭過聲的葉紅袖也忍不住了。

「我頭上的銀簪子好像將近一個月沒治過不會說話的臭嘴了，既然今天有人送上門來，倒不如開一個張，看看我的手法生疏了沒。」

說完，她把頭上的銀簪子取下來，直接朝黃四走了過去，望著他的眼裡閃過狠戾的光芒。

「妳——妳——葉紅袖，妳要做什麼？」

葉紅袖還未靠近，黃四就嚇得臉色發白，連連後退。

這慫樣把葉紅袖逗笑了，將銀簪子重新插回髮髻的時候，她衝葉凌霄開了口。

「葉凌霄，你要識相就趕緊帶著你的狗腿子滾，不要惹惱了我們，不然有你的好果子吃。」

「那我還真想看看你們一家人的本事呢。」

葉凌霄笑了，撂下這句狠話便甩袖子走人。

這天，在海家給海景軒換了藥後，海景軒攔住了揹著藥箱準備回去的葉紅袖。

「你們有法子讓我恢復到從前的樣貌嗎？」

葉紅袖顯得有些為難。「我和你說實話吧，法子我在一本醫書上看到，是有，但以我目前的醫術來說是不行的，我沒有把握。」

「難道就沒有其他法子了嗎？」海景軒不甘地追問。

他現在的模樣，一走出去別說是小孩，就連大人看到都會誤以為見鬼了，他不想這樣不人不鬼地過一輩子。

「也不是沒有法子的，我的醫術有限，但濟世堂的東家醫術高超，他能看懂那本醫書就肯定有法子。不過他還沒回來，等他回來了，我幫你問問吧。」

東家到現在連個面都沒見上，葉紅袖不敢保證一定能把他請來。

從海家出來後，她直接去了濟世堂，但讓她失望的是，東家還沒回來。
轉眼到了葉家進新房的日子。
一大早，葉家院裡院外就擺滿了桌椅，甚至還有桌子擺到了外頭的路邊。
葉紅袖特地請了隔壁村的廚子來燒飯，從集市買回來的雞鴨魚肉一筐一筐地往裡抬。
這些天，葉家建房子幫過忙的人不少，上次幫忙找楊五嬸的人也不少，葉紅袖打算一併在今天的喬遷喜宴上謝了，請這些人好好吃一頓。
因為幫忙的人太多，她想著不如索性把整個村子的人都一併請了，省得沒來的人在心裡嫌棄她小氣。
她忙著和廚子商量菜單的時候，葉氏帶著阮覓兒去村子裡家家戶戶地喊人來，這樣顯得他們更有誠意，葉氏也打算乘機讓阮覓兒好好認識赤門村的人。
葉家兩兄弟則挽起了袖子，把裡裡外外需要力氣的活兒全都承包了。
沒一會兒，連俊傑也帶著連大娘和金寶來了。
雖然天氣有了寒意，但大夥兒心裡高興又忙得熱火朝天，只覺得熱，沒覺得冷。
中午，村民陸陸續續趕了過來。
葉常青作為葉家長子，招呼賓客入席的重任自然落在他身上。
村民們上了桌，大碗肉也都擺了上去。
「紅袖、常青，酒呢？怎麼沒看到酒啊？你這光有菜沒有酒可不成啊！」

坐在首席的菊咬金端著空碗，衝正忙著的葉常青和葉紅袖揮了揮手。

兩兄妹對望了一眼。

「不是你買酒的嗎？」兩人同時開口問。

問完，兩個人都傻眼了，都以為對方會買，卻沒想到對方都沒買。

「唉呀，我忘了，我現在就去。」

葉常青急忙拋下手裡的事。這麼大的喜事沒酒可不成。

「哼，這假惺惺的，什麼忘了？根本就沒有誠意，無酒不成宴這句老話會不知道嗎？就是為了省錢故意不買的。」

坐在路邊桌位的虎子爹冷冷哼了一句。

葉常青的臉立馬黑了，轉身朝虎子爹這桌走了過來。

這桌坐的人就沒有一個他瞧著順眼的，虎子一家，王三妹一家，還有七七八八其他幾個一直和葉家關係不好的。

要不是昨天村長和族長他們說總歸是一個村子住著的，他們小肚雞腸，你們得宰相肚裡能撐船，別和那樣的人計較，不然真不讓他們來礙眼。

「葉常青，你搞清楚啊！這飯可不是我們厚著臉皮來的，是早上你娘在我們家門口苦苦求著我們來的，我們來是給你們面子，是我們肚量大，你別給臉不要臉啊！」

虎子娘看情況不對，扯著嗓子怪叫了起來。

「胡說八道，我什麼時候在你們家苦苦求著你們來了？不過是在你們家路口上喊了一聲得空的都要來，妳耳朵怕是有毛病吧？真有病的話，可以找我們家紅袖看看，念著一個村子住著的，不要錢都能給妳治好！」

葉氏如今兒子女兒都在身邊，一個個都有本事又爭氣，她現在是誰都不怕。何況，原本他們家已經和虎子一家撕破臉了。

「哎喲，不過就是一頓寒酸的酒席而已，你們葉家要請不起，就不要打腫臉充胖子了。」

一個陰陽怪氣的聲音驟然在路口響起。

「對呀，沒錢就不要裝大方請整個村子的人來，大夥兒能來也是給你們面子，還給臉不要臉了。」

開口的是齊三，附和的是黃四，在他們身後還站著搖著摺扇，穿著一襲綢緞白衣的葉凌霄。

葉凌霄冷眼看著葉常青，還有隨後走出來的葉紅袖和葉黎剛。他就是故意跑來砸場的，不讓他痛快，他們葉家誰也別想痛快。

「這不是凌霄兄弟嗎？這大中午的趕來，肯定渴壞了，要不去我家喝杯熱茶吧！我家前兒才買了一斤頂好的茶葉，都捨不得喝呢！」

虎子娘一把推開擋在前頭的虎子爹，一個箭步衝到了葉凌霄的面前，衝他巴結了起來。

現在整個赤門村的人都知道葉淩霄進了衙門，給新來的知縣當師爺。平常他們也碰不著葉淩霄，如今好不容易逮著了機會，還不得好好巴結巴結。尤其虎子娘現在日夜作夢都想著虎子能和葉淩霄一樣爭氣，以後也給他們家光宗耀祖。

「妳請我喝茶就算了。」

葉淩霄唇畔帶笑，但說出的話卻讓虎子娘笑不出來。

「那下次，下次。」

被打臉的虎子娘訕訕地笑了笑，臉上的表情比剛才還要尷尬十倍。

「不，妳請我喝茶就算了，我來是請你們去喝酒的！」

葉淩霄邊搖著手上的摺扇，冷冷看向前面站著的葉家人。這就是他來的目的。

「請、請我們喝酒？」虎子娘簡直不敢相信自己的耳朵。

「是啊，淩霄兄現在進了衙門當師爺，這怎麼也是咱們赤門村的大喜事，所以專程回來請大夥兒去喝酒的！還是香味閣，還是包場，還是好酒好菜讓大夥兒敞開了肚皮喝！」

齊三扯著嗓子叫囂了起來。他的嗓門尖細，但立馬引起了所有人注意。

第六十九章

「唉呀，是真的嗎？」虎子娘樂了。

「當然是真的了，香味閣的飯菜都擺上了，就等大夥兒去呢！我可告訴你們，知縣大人也說了，只要他得空了也會去。」

搖頭晃腦的黃四一臉得意和自豪。

「唉呀，那、那……你還傻愣著幹什麼，趕緊來啊！」虎子娘激動地衝虎子爹還有家人招了招手。

虎子爹立馬拽著虎子衝了過去，王二妹還有其他人也都立馬跟上了。

那可是和知縣大人一起吃飯啊！這一頓飯吃下來夠他們在其他人面前吹上三個月了。

隨後，院裡的那些人，你看看我、我看看你，臉上都露出了為難之色。

葉淩霄見他們面露猶豫之色，又打鐵趁熱地開了口。

「前兩天我聽知縣大人說衙門還缺幾個捕快、幾個衙役，想挑些合適的人把這些空缺補上。我想著咱們赤門村有本事的人可不少，還打算在中午這頓飯上給他舉薦幾個，既然有些人看不上這些職位，那就罷了。」說完，轉身就要走。

「欸，等等，我去！我去！」

「我也去！我也去！」

轉眼間，院子裡的人又走了一大半，就連村裡幾個有輩分的族長都訕訕笑著走了過去。

「葉凌霄，你——」

葉常青氣得想要把他的腦袋打爆。這明擺著就是挑時間來砸他們場子的。

「怎麼？葉常青，你也想去嗎？」轉過身的葉凌霄回頭看向他，臉上帶著挑釁的笑意。「你要想去，可以一道和我們走，不過就是添雙筷子的事，我可是很有誠意的，早就備好了上等的女兒紅，不像你們這裡，連杯水都沒有。」

「誰說這裡沒有酒的！」

葉凌霄陰陽怪氣的話音剛落，一個帶著怒意的女聲在他身後驟然響起。

眾人驚詫地抬頭，竟是不知道何時出現的楊月紅，身後是載著十個大酒罈的馬車。

今早她發現葉家什麼都準備了，就是沒有備酒，她看葉常青他們都忙得腳打後腦勺，便逕自把買酒的活兒給攬了過去。

「哈哈哈！可你們今天這裡，還有人喝你們的酒嗎？」

葉凌霄笑了，邊說邊指了指葉家院裡院外空蕩蕩的桌子。

楊月紅帶回來的這些佳釀，就是再好，沒有人喝也是徒勞，反而顯得更寒酸。擺了這麼多桌卻沒人來賞臉，說出去只會笑掉旁人的大牙，丟盡葉家的臉面。

「你——」楊月紅氣紅了臉。

「誰說這些好酒沒人喝的？」
可沒想到的是院門外冷不防地突然冒出了一個男人聲音。
葉淩霄聽到這個再熟悉不過的聲音時，臉色當場就變了。
他轉過身，對上了一雙帶著怒意和狠厲之色的眼睛。
「老……老師……」
來的不是別人，正是葉淩霄和葉黎剛的老師衛得韜。在他身後還有許多白鷺書院的學生，蕭歸遠也在其中。
「別喊我老師，我沒有你這樣的學生！」
衛得韜冷冷瞥了他一眼，甩袖朝葉黎剛的方向走了過去。
早上，葉淩霄去書院請他去香味閣吃飯，衛得韜想著葉淩霄好歹也是自己的學生，去就去，就領著白鷺書院的學生去了。
可等他到了香味閣，看到葉淩霄竟把整個香味閣都包了下來，掌櫃的還說葉淩霄打算請整個赤門村的村民吃飯，當下衛得韜就黑了臉。
他知道今天是葉家的喬遷之喜，看樣子，這些年自己在書院教給他的君子之道，他是一句都沒有學進去。
氣得他當場就帶著學生們來了赤門村，路上還正好碰到載著賀禮來的蕭歸遠。
「黎剛，不錯，這次你的表現我相當滿意，不愧是我最得意的學生！」

衛得韜走到葉黎剛面前，故意當著在場所有人的面拍著他的肩，表揚了他一句。

前面是對葉淩霄的嫌棄，後面是對葉黎剛的讚不絕口，這鮮明的對比，當眾讓葉淩霄尷尬得恨不能當場就跑了。

旁邊的村民卻都是看得滿頭霧水，怎麼白鷺書院的老師對考上了解元、當了師爺的葉淩霄這麼不待見，卻對只考了第五，只是個舉人的葉黎剛讚揚有加呢？

這邊大夥兒都還沒看明白，身後又來了好些人。

走在最前頭的豪華馬車，是整個臨水縣的人都認識的首富海家。

馬車停穩後，海家管事掀開了車簾子，隨後便看到笑容滿面的海老爺從車裡走了出來。

「海、海老爺……」

赤門村的村民驚得眼睛都差點要從眼眶裡掉了出來。這可是臨水縣的首富啊！地位、身分，不管是什麼都比新來的知縣要強啊！

海老爺沒理會路口那些傻眼看著自己的村民，逕自朝葉家人走去。

「我剛剛打這兒路過，聽說葉大夫家今天是喬遷之喜，既然是喜事，當然得喝杯酒再走。」

「老爺，趕緊裡頭坐。」葉紅袖上前邀請海老爺往裡頭坐。

先前眾人離場的時候，只有村長菊咬金、王懷山、張大山幾個和葉家特別要好的坐在原位沒動，葉紅袖正好把海老爺引到他們身邊。

隨後，葉黎剛領著衛得韜還有白鷺書院的學生也陸陸續續上了桌。白鷺書院的白色衣裳往院子裡坐一桌，還真不是一般的打眼和養眼，尤其這些學生一坐下就之乎者也地說起來，赤門村曾幾何時有過這樣的盛況。

這下，大夥兒更後悔了。

「那個……那個常青啊……」

有人不甘心，從葉淩霄的身後走回來，打算重新回到葉家院子吃飯。

葉常青雖然不高興，但飯菜全都準備好了，他們要都走了，光院子裡的那些也吃不完。

就在他左右為難之際，赤門村又來了兩輛馬車。這兩輛馬車，葉紅袖一眼就認出是濟世堂的。

「哥，咱家的貴賓到了！」

「紅袖姑娘，我們來討喜酒喝了！」

坐在車頭的紀元參和景天一看到葉紅袖，揮手高呼了起來。

「歡迎、歡迎！」

整整兩馬車的人，葉紅袖知道紀元參是把濟世堂關了，帶著所有的人來了。

跳下車後，紀元參衝身後抬著一塊紅綢布的藥童揮了揮手。「這個是東家特地讓我轉交的賀禮，希望葉姑娘喜歡。」

葉紅袖掀開紅綢布，竟是塊上等的紫檀木，上面雕了極其精美的花紋，還刻了「濟世堂」三個字，又特地用紅筆勾勒了字體，極其醒目。

「喜歡、喜歡，當然喜歡！謝謝東家！」

葉紅袖愛不釋手，差點都要當場抱著那塊招牌親吻起來了。

站在人群中的連俊傑，聽到東家二字，眉頭當即蹙成了川字。

紫檀木原本就價值不菲，這麼好的紫檀木，做工精細，還這麼大塊，價格多高可想而知。

這個東家的身分，他手下的兄弟查了一個多月，還是一點消息都沒有，更讓他懷疑這個始終神龍見首不見尾的東家了。

紀元參、景天還有濟世堂的藥童們一入院，又坐滿了兩桌，這下院子裡的座位更少了，那些心裡有了悔意的村民們更著急了。

「紅袖、常青啊！我剛才——」

「唉呀，趕上了！可算是趕上了！」

就在那些村民要開口之際，對面路上突然呼啦啦地來了一群村民。

「葉大夫，聽說妳現在的濟世堂建得又大又好，我們是一起來恭賀你們喬遷之喜的。妳看，我們還給妳送錦旗來了。」

這些村民是牛欄村和附近村子的，都曾是葉紅袖的病人。

婦人手裡拿著一面鮮紅的錦旗，上面繡著「懸壺濟世，妙手仁心」八個大字。

「這是我們幾個人親手繡的，雖比不得外頭買的，但這是我們的真心實意，希望葉大夫不要嫌棄才是。」

「怎麼會，我怎麼會嫌棄！」

葉紅袖看到這面錦旗，激動得眼眶都要紅了。這可是她行醫以來收到的第一面錦旗。

以前爹在世的時候，家裡屋裡屋外都掛滿了這樣的錦旗，她一直想著，自己何時能像爹一樣，成為大家心目中真正能依靠的大夫呢？

這錦旗雖然不值錢，卻已經說明大夥兒心裡是認可她的醫術的，她終於也能向爹看齊了。

「我去掛起來。」

葉常青拿過錦旗就當眾掛在新建的濟世堂門前。這是妹妹收到的第一面錦旗，自然要讓路過的所有人都瞧見。

就這樣，原本已經空了一多半的宴席，又坐得滿滿當當了。

中午的宴席直吃到天黑，但天黑了，眾人也沒散去，上次葉紅袖約好的皮影戲班子來了，唱的正是豬八戒揹媳婦的歡樂戲碼，逗得院子裡的男女老少都笑得前仰後合。

散宴後，葉家三兄妹在院門口送賓客離去。

院子裡，眾人都散了，可楊五嬸卻一臉著急，不停在院子裡走來走去，口中還不停念叨著。

「怎麼了？五嬸？」

葉紅袖疑惑地走過去。她好像晚飯都沒怎麼好好吃，一直都在念叨不好，可自己因為忙，也沒太在意。

「紅袖，不好，真的不好！」楊五嬸抬頭看向她，神色焦慮。

「什麼不好啊？妳與我說說。」葉紅袖拉著她在一旁的凳子上坐下。

「那個，那個不好。」楊五嬸邊說邊衝她擺手，指了指院門外。

葉常青正在院門外和戲班子的姑娘說話結帳。

楊五嬸不喜歡那個姑娘演的壞人，所以一直說她不好。

大哥和楊月紅不能在一起，癥結就在楊五嬸這裡，所以，葉紅袖打算幫他們一把。

「五嬸，妳看啊，讓妳給他選個好姑娘，這都這麼長時間了，也沒見妳選出來啊！現在新房子都建起來了，大哥得娶媳婦兒生孩子了，妳不是想要小土蛋嘛？又找不到好姑娘，那大哥就只能娶那個姑娘了。」

「不好，一點都不好！不喜歡她！」楊五嬸的臉色變得更難看了。

「月紅姊是好啊，可妳又捨不得給大哥。」

葉紅袖問得小心翼翼。楊月紅不敢接受這份感情，就是怕楊五嬸腦子硬，認定大哥代替了土蛋是自己兒子，就真以為他是自己的親生兒子。

第七十章

「可月紅要生小月紅，我要小月紅，我要當外婆，還要做小衣裳。」

「五嬸，妳總說妳疼大哥，最親大哥，可最好的月紅姊妳又捨不得給他，是嫌棄我們家窮？還是嫌棄大哥沒正經的營生？」葉紅袖故意生氣地開口。

「不、不，常青好，能吃苦，能幹活，大家都說他好。」見葉紅袖誤會了自己的意思，楊五嬸連連擺手解釋。

「那怎麼就瞧不上我大哥呢？難道大哥和月紅姊一起伺候妳和五叔一輩子不好嗎？」

這下葉紅袖不解了，看樣子，楊五嬸很清楚大哥和月紅姊不是親兄妹啊。

「不好！不好！月紅嫁人，生小月紅，我可以當外婆，常青娶媳婦兒，生小土蛋，我當奶奶。月紅嫁常青，沒有小月紅，只有小土蛋，只能當奶奶，當不了外婆，這樣不好，不好！」

楊五嬸再次連連擺手，說話的時候還一臉的糾結和為難。

她這話還有這個表情，逗得葉紅袖忍不住哈哈大笑了起來。

她剛剛還想著楊五嬸雖然看似糊塗，心裡清楚得很，現在看來自己可真是高估了她。

葉常青剛送走了客人，一進屋就看到坐在楊五嬸身邊的妹妹笑得停不下來。

「怎麼了？笑什麼呢？」

楊月紅也跟著過來，一臉訝異。

「大哥，我問你，你要是成親娶妻了，要生幾個孩子啊？」葉紅袖忍著笑看向葉常青。

「妳好端端的問這個做什麼？」

葉常青被她問得一頭霧水，但眼神不由自主就朝旁邊的楊月紅瞥了過去。

「你不想回答就算了，我還是問月紅姊吧！月紅姊，妳要生幾個啊？」

葉紅袖看向楊月紅，嘴角眉眼都帶著捉弄的笑意。

「妳、妳這問題讓人怎麼回答！」

楊月紅當即羞紅了臉，急忙低頭，眼神卻也悄悄朝葉常青看過去。

「這你們必須回答啊！五嬸可說了，你們兩個要是在一起，只生一個小土蛋的話，那她就當不了外婆了，這她可不幹！不過你們要是多生幾個，有男有女，有小土蛋，也有小月紅，她既能當奶奶又能當外婆，那她可就高興了。」

「什……什麼？」

葉常青和楊月紅幾乎是同時看了過來，表情同是驚詫。

「你們別這樣看著我啊，看五嬸，這話是她說的，這個問題可把她給糾結死了。」葉紅袖笑著指了指一旁的楊五嬸。

「娘？」

楊月紅率先開口，情緒激動，可她張口喊了一聲後，卻不知道接下來該說什麼了。

隨後，她低下頭，臉紅得更厲害了。

葉常青見狀，急忙跟著開口。「娘，我跟月紅會生很多很多的孩子，讓妳當奶奶，也當外婆，好不好？」

他知道這話，讓楊月紅一個女孩子說不大方便。

「啊？」

這下，輪到楊五嬸瞪大了眼睛。她腦子沒完全好，可從來就沒有這樣想過，只得皺著眉頭想了好一會兒，也沒想通好還是不好，行還是不行。

「五嬸，大哥和月紅姊成親後，生的男娃娃就喊奶奶，生了女娃娃就喊外婆，妳看啊，這樣妳就能既當奶奶又當外婆了，多好啊！」

葉紅袖見她糾結得越發厲害了，忍不住笑著這樣開解。

「不，不好！這樣不好！」

哪曉得楊五嬸還是連連擺手，口中不停重複這句話。

楊月紅和葉常青抬頭對看了一眼，眼裡同時閃過一抹濃烈的失望。

尤其楊月紅，眼眶都紅了。她低下頭，心裡想著，就知道老天是不會厚待自己的……

「怎麼不好了啊？」葉紅袖蹙眉追問，臉上的笑意也沒了。

「生男娃娃喊奶奶，生女娃娃喊外婆，要是全都生的是男娃娃呢？我就不能當外婆了，不好、不好，這樣真的不好！」

這次，楊五嬸口中的不好，幾乎是將院子裡的所有人都逗笑了。

敢情她口中的不好，還是擔心自己當不了外婆。葉紅袖差點眼淚都笑了出來。

「咱們把月紅姊養胖些，讓她和大哥一直生，總能生出個女娃娃喊妳外婆的。再說了，我還是大夫呢，我這兒有生女秘方，保證妳既能當奶奶又能當外婆。」

「那好！那好！」

這次，楊五嬸終於沒再說不好了。

第二天中午，葉家人在飯桌上聽到了一個天大的笑話。

這個笑話是李小蘭夫婦去縣城做生意時聽來的，兩人回村後連擔子都沒來得及放下就衝來葉家。

笑話是關於葉凌霄和那些巴結他的村民的。

昨天，葉凌霄領著村民去了香味閣，但從赤門村去縣城一大段的距離，眾人走了一個多時辰才到了香味閣，事先擺在桌上的飯菜早就冷了。

雖然廚房拿回去重新熱了一遍，但終歸失了味兒。

更讓大夥兒失望的是，原本說了要來的知縣大人卻是連個影子都沒有出現。

飯後，幾個年輕後生不甘心，想跟著葉凌霄一道去衙門見見知縣大人，說不定還能謀上個衙役和捕快的職位，吃上公家飯。

哪想到，幾人才剛趕到衙門，就正好和得了公文從別處調過來的衙役、捕快們撞了個正著。

葉凌霄和這幾個後生也不認得那些人，尋思著只要見了知縣大人，再有葉凌霄的舉薦，這衙役、捕快是當定了。再加上酒壯慫人膽，他們個個都喝了不少，衝撞了人家非但沒道歉，還頤指氣使地要對方給他們賠禮道歉。

畢竟是真的衙役、捕快，見著這幾個渾身酒氣的，還以為是哪裡來鬧事的地痞無賴，當場就把他們拿下了。

公家飯沒吃上，還惹上了個強闖衙門的罪名，差點被逮起來關進大牢。

葉紅袖等人聽了，一個個笑得差點直不起腰。

「這下葉凌霄再也沒臉回赤門村炫耀了！笑死我了，怎麼會有這麼丟臉的人。」

葉氏更是笑得眼淚都出來了。

「他那樣的小人，就該這樣狠狠地多丟幾次臉。」正低頭扒拉碗裡飯菜的阮覓兒一臉嫌惡地開口。

「這次不止葉凌霄一個人丟臉，村子裡昨兒那些跟著他一起去香味閣的村民們都覺得丟臉，你們沒看到今天一個個都跟霜打了的茄子似的。」

想起昨天那些村民巴巴地湊到葉凌霄面前的情形，李小蘭就來氣，但一想到他們跟著去，什麼便宜都沒占到，她又覺得痛快。

「該說的都說了，那我就回去了，家裡一堆事等著呢！」李小蘭說完就走了。

葉紅袖卻在這個時候充滿了疑惑。

「三姊、三姊，想什麼呢？妳看妳都挾什麼了！」阮覓兒拍了拍葉紅袖的手。

葉紅袖回神，這才注意到手上挾的是自己吐在一旁的骨頭。

「覓兒，妳還記得嗎？老不正經先生說過這個新來的知縣是個糊塗的，郝知縣也和我說過，可現在看起來，這個知縣他也不糊塗啊！」

上次她和連俊傑特地趕了馬車去衙門，想見見這個新來的糊塗知縣，但不巧，那個時候他還沒來。

這之前，她一直在想，這個糊塗的知縣究竟有多糊塗？糊塗還能當上知縣，肯定是靠關係，或者是金錢才坐上的。

可今天聽李小蘭說的這些，卻發現這個知縣並不糊塗，不然他早就去了香味閣，也用了葉淩霄舉薦的那幾個人，不會這般不給葉淩霄面子。

「記得，我還特地問過老不正經先生，怎麼這個人是個腦子糊塗的還能當官，老不正經先生說了句什麼難得糊塗，糊塗難得。他講了一堆糊塗，聽得我都糊塗了，後面就沒敢再問了。」

阮覓兒這話讓葉紅袖對這個未曾謀面過的新知縣更好奇了。

用過飯，葉紅袖給自己泡了一壺濃茶，打算把那本難啃的《難經要略》再重新啃一遍。她不相信，自己多啃幾遍還能啃不明白。

然而，事實是她啃得頭暈眼花，都沒能弄明白裡頭的重點。

最後，她見時間還早，索性拿著書去了縣城，打算找紀元參好好探討探討。

今天的天氣出奇地好，陽光照在身上暖洋洋的。

一進縣城，葉紅袖就被空氣中濃烈的菊花香吸引了。

她看到許多盛裝打扮的年輕男女都往一個地方擠，從旁人的閒聊中得知，今年的秋天，縣城幾戶有錢的人家合夥搞了個什麼賞菊宴。

賞菊宴，顧名思義就是搜羅各地的各種菊花讓大夥兒觀賞。

菊花能入藥，觀賞過的遊人也嘖嘖稱讚，葉紅袖更覺得自己得去看看了。

賞菊宴設在城北的小橋邊，五顏六色的菊花競相開放，微涼的空氣中，花香四溢。走在花叢裡，看著這些自己見過的或未見過的菊花，葉紅袖更覺得自己這一趟來得值了。

她全副心思都在這些菊花上，並未注意到自己一走進來，就有一雙幽黑深邃的眸子落在她身上。

葉紅袖的視線最後落在一株只在書上和電視裡看過的白雪綠梅上。

「這名字怕是寫錯了吧？這不是菊花嗎？怎麼還寫上梅了呢？這做事的人真是粗心啊！

梅、菊都分不清。」

遊人指著寫在花上的名字叫了起來。

葉紅袖抬頭，看到的是一個長相……嗯，長相比較一般的姑娘。

也不知道她今天是來賞花的，還是花賞她，身上的衣裳紅紅綠綠很是花哨，奇葩的是髮髻上還別了一朵大紅色的牡丹，搽上了厚厚胭脂的臉上全是鄙夷之色。

「姑娘，這名字沒有錯，它的名字就叫白雪綠梅，因為它的花期很晚，常常在冬季開放，顏色又是少見的綠色，花香細聞會發現和梅花有些相似。妳再看這花的顏色，下白上綠，顧名思義取名為白雪綠梅。」

葉紅袖指著白雪綠梅，很耐心地對那個姑娘解釋了一遍。

周圍的旁人聽到了，也都駐足停下來。

「這白雪綠梅很難養活的，按理說花期也不是在這個時候，所以咱們有幸能在今天觀賞到，是咱們的榮幸。」

「也不知道是真的假的，說得那麼一本正經！」

沒想到的是，葉紅袖的解釋卻惹來了那姑娘一臉嫌棄，還衝她翻了個白眼。她氣的是葉紅袖的解釋讓她在眾人面前丟臉了。

「當然是真的，這是本公子我花了大價錢從京城找來的，妳今兒能看到，還有紅袖妹妹這麼細心地給妳解釋，是你們一家八輩子求來的福分。」

人群中，突然響起了一個促狹的調侃。

眾人循著聲音看去，只見一個穿著一身白色直綴，搖著摺扇，頭上還插著一朵小粉菊的男子。

「你胡說八道……」

大圓臉姑娘見來人，原本已經滾到嘴邊的話只說了一半，又生生滾回了肚子裡。

「妳還站在這裡，是不是要我們親自將這裡所有的菊花一株一株介紹給妳認識，讓妳開開眼界啊？」

男子邊說邊搖著摺扇走過來，望著大圓臉姑娘的鄙夷之色，不比她剛剛鄙夷自己那株千辛萬苦找來的白雪綠梅要少。

「你……」

大圓臉姑娘差點被他的話給氣歪了鼻子，最後只能小聲嘀咕一句有什麼了不起，便轉身走了。

隨後，眾人也都散了。

葉紅袖抬頭朝男子看去，被他這副花花公子的模樣逗得笑了出來。

「你這人，怎麼一點都不懂得憐香惜玉呢？」

「算了吧！那樣一副尊榮我怎麼惜得下手，憐得下去？這裡是賞菊宴，看的是菊花，不懂虛心問問就算了，細心給她解釋了還這麼一副嫌棄的樣子，她這樣要能在這次的賞菊宴裡尋到中意男子，算我蕭歸遠瞎了眼。」

「那你打扮得這麼花裡胡哨的，也是想在這裡尋到中意的女子了？」

他今天的打扮，衣裳是新的，鞋子也是新的，頭髮梳得油光水滑，看得出是經過刻意打扮的。

今天的賞菊宴來了很多盛裝的未婚男女，估計很多人都想在這場賞菊宴裡覓得良人。

「唉呀，果然是什麼事都瞞不了妳。我告訴妳啊！我聽說余家的三小姐會來，我就……嘿嘿……」

蕭歸遠湊到她的耳邊，以摺扇擋著，在她耳邊小聲說著，話沒說完，他清俊的臉上竟還浮起了兩朵淡淡的紅暈。

這摸樣，逗得葉紅袖更開心了，更想知道這個讓他上心，還讓他臉紅的余家三小姐是個什麼樣的了。

「那你和我說說你看上她哪裡了。」

「用風姿綽約、蕙質蘭心、翩若驚鴻、冰清玉潔來形容，真的是一點都不為過。」

蕭歸遠幾乎把自己能想到的所有形容女子的美好詞彙都搜羅了出來。

反正在他心目中，這世上沒人比得過這個讓自己心心念念的余家三小姐。

「我原本還打算匆匆逛一圈就走呢，可現在聽到你這麼說，在沒親眼見到這個三小姐之前，我還就不走了呢！」

葉紅袖是真來了興趣。

可兩人的話音才剛落下，便聽到撲通撲通兩聲巨響，隨後有人扯著嗓子叫了起來。「有人落水了！」

立馬，所有人都朝橋邊圍了過去。

第七十一章

蕭歸遠和葉紅袖是最先衝到橋邊的，他們趕到時，河面上已經看不到人了，只有從水中不斷冒起來的水泡。

落水的人已經沈下去了。

「你們還愣著幹什麼？難不成還要我親自跳下去嗎?!」

蕭歸遠衝自己身後還沒反應過來的家丁們咆哮著。

這次的賞菊宴，蕭家是出錢出力最多的，要是出了人命，他們也是牽扯最大的。

家丁們這才反應過來，趕緊跳了下去。

「哎喲，可嚇死人了，我這才剛轉身呢，就看到有個人落水了。」

「掉下去的是男是女啊？是故意尋死，還是不小心掉下去的啊？」

旁人更對這事感興趣，一個個眼裡都閃爍著興奮的光芒。

「是個姑娘。是不是尋死不知道，只看到那姑娘一直都低頭捂著臉哭著，起先我也沒注意，誰知道一個轉身的功夫，那個姑娘就掉下去了。」知情人把自己剛剛看到的、聽到的都說了出來。

「是他！是這個人把我們家小姐推下去的！」

旁邊一個身板瑟瑟發抖、臉色蒼白，眼裡全是恐懼之色的小丫鬟叫了起來。

眾人立刻都一臉驚詫地朝她指著的男子看去。

沒想到的是被她指著的男子一臉淡定，未有一絲的驚慌和愧疚。

相反地，他神色冰冷，看向那個小丫鬟的時候，幽深如墨的眸子裡還閃過一抹嫌惡。

隨後，男子冷眼將在場盯著自己的人掃視了一遍，最後目光定定落在葉紅袖身上。

葉紅袖對上他視線的當下就愣住了。

真不是她貪戀美色啊，想她身邊也是美男如雲的，連大哥、大哥、二哥，還有蕭歸遠，不管哪個單獨拎出來都能擔得起丰姿俊朗這個詞。

可要和眼前的這個男子比起來，感覺不管是誰都要稍遜一些。

倒不是說他們的姿色比他差，而是這個男子太不一般了，面如雕刻般五官分明，高鼻梁，丹鳳眼，薄唇，稜角分明的臉，俊美得就像是個傾世妖孽。

可他雖然模樣俊美陰柔，但身上的氣場卻冰冷森寒，讓人心裡生出望而生畏的畏懼。

也正是因為如此，當小丫鬟指著他，說是他把自家小姐推進了水裡，也沒人敢站出來指責。

興許是自己貪戀美色的樣子太傻了，葉紅袖看他的唇畔竟然還浮起了一抹淡淡的笑意。

但這個氛圍很快就被一個不和諧的聲音打斷了。

「混蛋！」蕭歸遠一個箭步衝了過來，一把揪住男子的前襟，揚手就要朝他的臉上砸去。

「蕭大哥！」

葉紅袖被蕭歸遠突如其來的舉動嚇得喊了一聲。

好在男子的反應很快，動作更靈敏，頭微微一偏便躲過了。

蕭歸遠氣得再次揚手，但這次男子沒躲，伸手箝住了他的手腕。

「蕭公子，我勸你還是睜大眼睛看清楚，別被美色迷惑了。」語氣裡似乎透著對余家三小姐的鄙視。

蕭歸遠愣了一下，倒是沒想到這人竟然認識自己。

葉紅袖更愣住了。余三小姐？

那就是說被他推進水裡的人是蕭歸遠暗戀的姑娘了，怪不得蕭歸遠會發火。

「你怎麼能對姑娘家動手呢？」葉紅袖義憤填膺。

原本看在他的妖孽容顏上，對他還有幾分好感的，但沒想到他竟然是這樣的人渣，瞬間她心裡對他的那些好感全都敗光了。

「葉姑娘以為呢？」

讓人沒想到的是，男子不但沒回話，只是笑著輕飄飄地反問了她一句。

「你、你認得我?!」

葉紅袖震驚到差點被自己的口水嗆到。

「我可不只認得妳。」男子臉上笑意更濃了，望著她的如墨眸子更深了。

葉紅袖再次將眼前的男子仔仔細細打量了一遍。

他穿著一身淡藍色錦緞直裰，身挺玉立，腳上的錦緞白鞋乾乾淨淨，沒有一點髒污，顯然是個很少走路的，一看就是大富大貴的人家出身。

這個時候，圍觀的眾人情緒沸騰了。

「唉呀，可真是沒有見過這麼厚顏無恥的男人啊！」

「肯定是這個男的始亂終棄，小姑娘受不了，來找他討公道討說法，沒想到卻被他一把推下水了。」

「肯定是這樣的，不然好好的，姑娘怎麼會在大庭廣眾之下哭呢？而且我瞧那姑娘的穿著打扮不凡，身邊還有丫鬟伺候，像是大戶人家嬌養出來的小姐。」

旁人你一言我一語，一個個都言之鑿鑿的，好像真相已經由他們蓋棺論定了一樣。

嘩啦——嘩啦——

水面突然響起的水聲打斷了岸邊的討論。

「唉呀，救上來了！救上來了！」

靠在河岸的圍觀群眾興奮地指著水面露出的幾個腦袋尖叫了起來。

被抬上岸的姑娘雖然此刻雙眸緊閉、臉色蒼白，仍無法掩飾她出眾的容貌。

怪不得剛剛蕭歸遠會搜羅出那麼多的好詞來形容她，她也確實是擔得起這幾個詞的。

把這麼我見猶憐的姑娘推下水，實在可惡和無恥。葉紅袖回頭看向男子的時候，眼裡又多了幾分嫌惡。

但她沒想到的是，那男子的目光好像自始至終都落在自己身上。

「看什麼看！」

葉紅袖以嘴形呵斥了一句，還衝他連翻了好幾個白眼。

奇怪的是，男子瞧見自己瞪他倒也不惱，唇畔的笑意還更濃了。

真是厚顏無恥到了極致！她懶得再去理會他，急忙朝余家三小姐走了過去。

可她才一蹲下就發現了一件奇怪的事。

按理說，人若是陷入昏迷，眼皮是不會動的；可余穎芝的眼皮不但動了，還動得頻繁，只是若沒特別注意的話，根本就不會察覺。

裝暈的？

葉紅袖的心裡閃過這個念頭，第一時間伸手想要去把余穎芝的脈搏。

「妳幹什麼？」

旁邊的小丫鬟卻是一臉警惕地拉住了她的手。

「我沒有惡意的，我是大夫，想看看妳家小姐有沒有事。」

「我們小姐沒事，就是嗆了幾口水而已！」

小丫鬟的反應很奇怪，躺在她懷裡，渾身濕透的余穎芝反應更及時，竟在這個時候幽幽醒來了。

這下葉紅袖更認定她剛剛是在裝暈了。

為什麼呢？

她忍不住將靠在丫鬟懷裡嗚嗚咽咽小聲哭著的余穎芝重新打量了一遍。

到底是嬌養出來的千金小姐，肌膚勝雪，十指纖纖，身上的綢緞衣裳剪裁得體，尤其是綁在腰間那繡著海棠的紫色腰帶，頗為引人注目，看得出上面的繡花是用了心思的，只是……

葉紅袖的目光最後定定落在她的小腹上。

像是察覺到了葉紅袖異樣的目光，小丫鬟急忙脫下了自己身上的外衣，蓋在余穎芝的身上。

「混蛋，我要打爆你的頭！」

看到自己的心上人此刻如此狼狽不堪又我見猶憐，蕭歸遠怒吼一聲，再次把拳頭伸向了那名男子。

因為蕭歸遠揮過去的拳頭裡帶著懊惱和憤怒，力道特別猛。

他讀書不行，但從小就和自己家的護院學功夫，所以身手很不錯。可是那男子不但再次輕易躲開了，這次還一個反手將他箝制住了。

「蕭公子，我勸你憐香惜玉也要分人分場合，若是再如此糾纏下去，最後被人看笑話的只會是你。」
男子再次輕鬆接招，隨後一把將他推開了。
「你還滿口胡說八道！我和你拚了！」
蕭歸遠這會兒壓根兒沒了理智，把袖子捋起來後，再次要朝男子奔去。
「蕭大哥！」
越想越覺得事情不對勁的葉紅袖衝了過來，將他給拉住了。
「紅袖妹妹，放開我，今兒一定要打爆這個人渣的腦袋！沒見過這樣欺負人的！」
蕭歸遠氣得臉都青了，葉紅袖還是第一次見他這個樣子。
「要不咱們去見官吧！現在就去衙門，讓知縣大人還這個姑娘一個公道，這事絕不能就這麼算了！」旁邊有人提議。
「對、對！現在就去見官，咱們都可以給這個姑娘作證，這樣厚顏無恥之徒，一定要將他繩之以法！」
「我也去，不能放過這個衣冠禽獸。」
開口的那人還回頭瞪了男子一眼，滿是豔羨的眼裡夾雜著嫉妒。這分明就是嫉妒人家容貌，想要乘機踩他一把。
就在眾人說得義憤填膺之際，心存疑惑的葉紅袖朝余穎芝看過去。
她的反應一直都很奇怪，可這次，她看到了一個更奇怪的現象。

趴在小丫鬟懷裡，剛剛還哭得梨花帶雨的她，唇畔竟然浮起了一抹冷笑，眼睛也悄悄朝自己身旁的男子瞥了過來。

葉紅袖回頭，原以為身邊的妖孽男子看到群情激憤，應該怕了，沒想到，他神色淡定，看向自己的時候，唇畔的笑意還更濃了一些。

他自始至終連看都沒有看一眼躺在地上的余穎芝。

不對勁！不對勁！不對勁！

葉紅袖連連搖了好幾下頭。

恰在這時，一陣微風吹過，空氣中瀰漫著濃烈的菊花香，但她還是敏銳地在其中嗅到了一抹奇異卻熟悉的味道。

她循著這個熟悉的味道看去，最後目光落在了那個男子身上。

「你是東家！」

葉紅袖目瞪口呆地看著他，完全沒想到他們的第一次會面竟然是這樣的場景。

「終於見面了。」

拓跋淩見她終於認出了自己，臉上的笑意更濃了。

「可——」

葉紅袖心裡驚喜興奮的同時，更對此刻發生的事感到疑惑了。

他既然是濟世堂的東家，按理說是不可能會做出這樣厚顏無恥又有可能弄出人命的事來的。

「她和別人珠胎暗結，那人始亂終棄跑了，竟千方百計想賴上我，剛剛還口出狂言威脅我，說要讓我和濟世堂身敗名裂。我只單單把她推下水，已經算是便宜她了，更何況，她還會泅水。」

拓跋浚冷眼掃過余穎芝的時候，眼裡的嫌惡更濃了。

她剛有孕的時候，那個負心漢就跑了，她想不開欲上吊尋死，恰巧是他路過救了她一命。

她身子底子差，不易落胎，沒想到她為了保全自己的名聲，竟賴上他了。

剛剛就在這裡，她威脅著要他負責，不然就讓他和濟世堂在臨水縣身敗名裂。

竟敢威脅他！他這輩子最厭惡的就是被人威脅，且以自己現時的身分地位，只有他威脅別人，沒有人敢威脅他。

不知道是不是錯覺，葉紅袖甚至還在他的眼裡看到了一抹狠戾。

「紅袖，別和這樣的人多說了，咱們現在就把他抓去送官！」

葉紅袖和拓跋浚的聲音很輕，被旁人洶湧的討伐聲蓋住了，蕭歸遠也沒有聽到。

「不行！」葉紅袖急忙攔住他。

「為什麼？」蕭歸遠不解。

「這事到底是怎麼回事都還沒搞清楚呢，怎麼能隨隨便便就去衙門？」

新來的知縣是個糊塗的，葉紅袖沒有把握他判案會像郝知縣一樣；更何況濟世堂的東家被這麼多人扭送去衙門，勢必會對濟世堂造成影響。

「紅袖妹妹，事情不是明擺著嘛！這麼多人親眼看到他推余穎芝下水的，這樣的人就該送去衙門關起來吃些苦頭！」

前面的這句話，蕭歸遠說得很大聲，隨後又拉過葉紅袖，小聲地在她耳邊嘀咕。「妳今天怎麼了？平常妳不是這樣的，難不成被他的美色給迷惑了？妳這樣小心我回去告訴連兄弟。」

「你胡說八道什麼呢！你別以為余穎芝是什麼好姑娘，好姑娘可不會還未出嫁就有了身孕。」

「啊?!」

葉紅袖的聲音很低，低到只有她和蕭歸遠兩個人才聽得到，但震懾力卻將蕭歸遠震得跳到六尺開外。

「妳、妳說的……是真的、還是假的？」因為不敢置信，蕭歸遠說話都結巴了。

「我何時騙過你？」

葉紅袖說完，又朝余穎芝的小腹看了過去。

她雖然沒有親自給她把過脈，但剛剛挨得那麼近，她看得很清楚，有些發硬的腰身，還有微微凸起的小腹就是有了身孕。

「余小姐，去衙門也可以，但現在我看妳連起身都困難，剛剛又灌了那麼多的水，也肯定嚇著了，不如由我來給妳把把脈吧！蕭公子妳應該是認識的，我的醫術他最放心了，所以妳也可以放心。」

葉紅袖說完，笑咪咪地朝余穎芝走了過去。

「不用、不用，我現在已經沒事了。」

原本還趴在小丫鬟懷裡哭得梨花帶雨的余穎芝，急忙衝已經走到了自己跟前的葉紅袖擺手。

「怎麼會沒事呢？我看妳的肚子已經很大了，想必是剛剛掉進水裡的時候灌了很多水，咱們得趕緊把這些水都弄出來才行！」

葉紅袖說完，以迅雷之速將蓋在余穎芝身上的外衣扯開了。

余穎芝猝不及防，急忙用袖子蓋住自己小腹，同時蒼白的臉上閃過一抹驚慌。

丫鬟見狀，也急了。

「妳這人怎麼回事，我們小姐都說她沒事，妳就別多管閒事了！」

「怎麼會是我多管閒事呢？就是咱們去了衙門，妳們要狀告這位公子，也要有大夫在場的。姑娘，妳掉下水可是大事，就是沒有擦傷撞傷，也肯定受了不小的驚嚇，知縣大人判的輕重，可和大夫給妳把脈的輕重有很大關係。而且，這些都是要一五一十在公堂上寫下來的，還得記錄在冊呢！我這不是怕余小姐有什麼不方便的地方嘛！畢竟咱們都是女人，女人之間說話要方便些不是？」
葉紅袖笑著看向余穎芝，一副苦口婆心都是為了她好，為她考慮的樣子。
其實這些都是她瞎掰的，余穎芝的肚子見不得人，肯定不敢。
果然，余穎芝上當了。
她臉色本還沒那麼難看，但聽到葉紅袖說的那些大夫要在公堂給自己把脈，還要全都記錄下來後，頓時面如死灰。
她回頭看向拓跋淩，卻見他眼裡只有讓人全身顫抖的寒意。
這個她一見傾心的男子，真沒想到他發起狠來，竟然像是魔鬼。
她剛剛只不過說了兩句威脅他的話而已，原以為他顧及顏面應會答應，沒想到他二話不說，一把將她推進了水裡。
幸虧她會泅水，不然自己真的就得死在這裡。
上岸後，她雖心有餘悸，但更多的是不甘。
於是她將計就計，故意裝出一副柔弱可憐、有一肚子委屈沒地方說的樣子來，讓大家同情自己，也乘機好好報復他一頓，沒想到眼前突然蹦出了一個多事的……
「怎麼了？余小姐是真有什麼不方便的地方嗎？」
葉紅袖可不怕余穎芝到了這個時候還能玩出什麼花樣來。
「這位姑娘果然好醫術，我確實有些不方便，女人總有那麼幾天的。還有，剛剛也不是這位公子推我下去的，我家丫鬟看錯了，是我不小心自己掉下去的。」

這番話余穎芝幾乎是咬牙切齒、一字一字地從口中蹦出來的，望著葉紅袖的眼睛猶如淬了毒液一般，怪她壞了自己的好事。

「哦，那就是沒事了。既然沒事，余小姐應該能自己一個人起來的。」

葉紅袖倒是笑了。

臉上一陣紅一陣白，恨不能找個地縫鑽了的余穎芝，只得在眾目睽睽之下自己爬起來。

「余小姐，妳……」

蕭歸遠頓時和霜打了的茄子一樣。

紅袖只和她說了幾句話，她立馬態度大變，自然是因為紅袖剛剛說的那些都是真的。

他從見到她的第一眼開始就對她上心了，卻沒想到她竟是如此不堪。

旁人也都被余穎芝突然轉變的態度驚得目瞪口呆。

明明剛剛一副受了欺負，等著大夥兒給她作主的柔弱可憐樣子，現在突然站起來說自己沒事了。這……

於是，眾人落在余穎芝身上的眼神漸漸變得複雜了起來。

「既然沒事，那就都散了吧！」

余穎芝都走了，很快地，看熱鬧的人也都散了。

第七十二章

蕭歸遠神情黯然，把頭上那朵粉色小菊花給摘了下來。

他的戀情還沒來得及萌芽就枯萎了，怎能不讓他傷心難過？

「這位兄臺，剛剛真是對不住了。」

蕭歸遠衝拓跋淩道歉，但話都說完了，他才猛地回過了神。

「你怎麼認得我的？我都不認得你。」

他一臉驚詫，同時將拓跋淩打量了一遍。這個人……他真的是今天第一次見面。

「今天的賞菊宴，蕭公子是主辦人之一，蕭家在臨水縣又是知名的大戶人家，想不認識你都難。」

拓跋淩的回答合理又客氣，聽得蕭歸遠心裡舒服極了。「那兄臺是？」

蕭歸遠看他年紀也就稍比自己大一些些，且一身的錦服，氣質也不同。按理說，臨水縣但凡有些臉面的人自己都認識的，可眼前這個人，他從未見過。

「拓跋淩，濟世堂是我開的。」

「哦！」

蕭歸遠恍然大悟，怪不得葉紅袖剛剛會幫他。

「我要去找妳二哥，妳要不要一道去？」情緒很低落，他想找自己最好的兄弟平復一下受傷的心靈。

「我還有事，先不去了，不過二哥這個時候也不在家，家裡就剩覓兒。」

「唉……那我去找覓兒吧！」

蕭歸遠嘆了一口長長的氣後，還是決定去葉家。這個時候不管是誰，只要有人肯聽他的傾訴就行了。

看著蕭歸遠離去的落寞淒涼背影，葉紅袖覺得心酸又好笑。

她回頭，才注意到拓跋浚的目光一直都在自己身上，定定的，很專注，眼神裡還有些她說不出的東西。

「怎麼了？」她問。

「沒事，走吧！」拓跋浚收回視線，轉身走了。

葉紅袖急忙跟上。有個長得這麼好看的東家，其實還挺自豪的。

兩人沒一會兒就到了濟世堂，在大廳裡忙著給人看病的紀元參看到他們一同出現，竟然一點都不驚訝。

「景天，茶。」簡短交代了一句，拓跋浚就率先上了樓。

葉紅袖和端著茶的景天隨後跟了上去。

上樓的時候，她拉著景天埋怨了起來。

「你真是不夠朋友，我私下悄悄問過你很多遍，咱們東家是個什麼樣的，你都不說，你就是說他長得好看也行啊！」

景天被她的話給逗笑了。

「這好看也是見仁見智的啊！我說好看，也有人說不好看，況且咱們東家最忌諱的就是旁人評論他的容貌，妳要有膽子的話，等會兒當著他的面稱讚他一句吧！」

「長那麼好看還不讓人說，真是奇怪！」

兩人正說著就到了二樓。

這還是葉紅袖第一次來濟世堂的二樓，以前在樓下，她無數次仰頭看向這裡，有時候窗戶是虛掩的，有時候是關著的。每次抬頭看過來，她都會想像這裡頭是個什麼樣的。

肯定有許多珍貴的醫書，也肯定有許多珍貴的藥材，估計擠得房間都要水洩不通了。

她想過很多種，卻沒想到這裡會這麼簡單，一張桌子，兩張太師椅，除此之外，別無他物。

「坐吧。」率先坐下的拓跋浚衝葉紅袖指了指對面的椅子。

葉紅袖坐下後，景天給兩人倒了一杯茶就下去了。

抿了一口熱茶，拓跋浚才指了指她拿上來的《難經要略》。

「看不懂？」

屋裡沒有其他人，靜靜的，拓跋浚身上那股奇異的香味顯得更濃了。陽光從虛掩的窗戶灑進來，落在他的側臉上，更顯清俊。

「怎麼了？」

見坐在對面的葉紅袖許久都沒開口，他抬頭。可一抬頭就對上了她癡癡落在自己身上的目光。

葉紅袖晃了晃神，這才反應過來自己失態了。

「沒、沒事。」

她伸手摸了摸自己有些發燙的小臉。幸虧連俊傑此刻不在，不然隨時會打翻醋缸的他肯定要氣得要把自己的腦袋給擰下來。

葉紅袖失態的樣子盡收拓跋浚的眼底，他忍著笑意開口。「我和妳想像中的有些不一樣吧！」

「是有些不一樣。」葉紅袖如實點頭。

她起先以為東家是個年紀比紀元參還要大，一頭銀髮，還有一把比雪都要白的鬍子的慈祥老人家。

後來有意無意地見過幾次他的側面，也想過他會是什麼樣的，但印象都很模糊。

「怎麼？失望了？」

拓跋浚看向她，如墨的眸子幽深不見底。

「不會，怎麼會呢？有個長得這麼好看的東家，怎麼可能會失望。」

葉紅袖變著法子地誇他容貌好看，想要看看景天剛剛說的是不是實話。

拓跋浚的眼裡確實閃過一抹異樣，但是臉上的神情並未變化，唇畔還是有笑意。

「對了，你是怎麼想到給醫館取名叫濟世堂的？」

看他的年紀，不像是和自己的爹認識，取一樣的名字興許真的只是巧合。

「一個朋友，他很喜歡這個名字。」拓跋浚說得輕描淡寫。

「那還真是巧了，我爹生前最喜歡的也是這個名字，生平最大的志願就是開間濟世堂。如今雖然濟世堂不是我親自開的，但我能成為濟世堂的一分子，我爹在天之靈看到也會欣慰的。」

葉紅袖說的時候很高興，沒注意到拓跋浚看她的眼神又變了。深不見底的幽暗裡，有著深深的愧疚。

「我還是給妳講講這本《難經要略》吧。」拓跋浚不露痕跡地將話題轉移了。

「成、成！這本《難經要略》我豈止是看不懂，簡直是看得腦殼痛。」

說起這個，葉紅袖就蹙緊了眉頭。

原本她對自己還挺有信心的，畢竟出身醫藥世家，又拿了醫學博士，可對著這本《難經要略》，她覺得自己就像是還沒開蒙的小學生。

拓跋浚接過《難經要略》，很認真地將她看不懂的地方講解了一遍。

他的聲音低低的，語速不疾不徐，帶著一點點沙啞，很是好聽。

他講解得很仔細，很多葉紅袖先前沒看懂的地方，他一句話就讓她恍然大悟了。

這一講就是好幾個時辰，等景天掌著燈上來，葉紅袖才驚覺竟然已經天黑了。

「不好意思，弄得你午飯都沒吃。」

她伸手摸了摸自己餓得咕嚕叫的肚子，隨後又抱怨地看了景天一眼，埋怨他中間也不知道給自己提個醒。

她自己餓著沒關係，餓著了東家，就不好意思了。

「我中間上來了好幾次，見你們聊得認真就沒敢打擾。」景天吐了吐舌頭。「不過晚飯已經準備好了。」

拓跋淩起身先下了樓。「那就先吃飯吧。」

下樓的時候，葉紅袖又拽住了景天。

「景天，你見過咱們東家治病救人嗎？」

這麼難的《難經要略》他都輕而易舉地啃下了，足見他的水準有多高，這讓葉紅袖更對他的醫術感興趣了。

「沒有，這些年我一直都是跟著紀大夫的，從未見過東家親自動手。」

景天一臉失望地搖頭。進了濟世堂之後，他最大的願望就是想看看東家親手治病救人。

「那紀大夫見過嗎？」紀元參應該是跟著東家時間最長的。

「紀大夫見過。我問當時是個什麼樣的情形，紀大夫只說原來這世上真有起死回生之術。妳想想，紀大夫都這樣說了，可見咱們東家的醫術有多厲害了！」

「這麼厲害？」這下，葉紅袖心裡更癢癢的。「那你知道東家的醫術是跟誰學的嗎？他都這麼厲害了，那他的師傅肯定更厲害啊！」

她的腦子裡再次浮出了一個滿頭銀髮的和藹老人家形象。

要是他的師傅真是這樣的，那她先前也沒有想錯。

「這個我就不知道了，我只聽紀大夫無意中提起過兩句，說這間濟世堂是東家特地為他一個朋友開的，也說東家會學醫是因為他。其他的，我就真不知道了。」

和葉紅袖熟了，也當她是自己人，景天便把自己知道的關於東家的事一股腦兒地全告訴了她。

「又是那個朋友？」

葉紅袖原本還想再多問兩句，但已經到了樓下，拓跋淩和紀元參都坐在擺好了飯菜的桌邊等他們。

「你們慢用，我先回去了。這麼晚了，我家人會擔心的。」

見天色已經徹底黑了，雖然真的很餓，但葉紅袖還是不敢多留。

她出門的時候，和阮覓兒交代最多兩個時辰就會回去，現在掐指一算，可是兩個時辰都不止了。

回去還得走一個多時辰，她更不敢耽擱了。

「葉姑娘，妳先用了晚飯吧！東家說了，等會兒親自用馬車送妳回去。」

紀元參起身走到葉紅袖身邊，拉著她在桌旁坐下。

「那怎麼好意思呢？」

「都是濟世堂的人，有什麼不好意思的，趕緊吃飯吧！」景天笑呵呵地遞了雙碗筷到她手裡。

吃了飯，拓跋浚真的說到做到，要親自趕馬車送葉紅袖回去。

「要不還是讓景天送我吧！今天已經麻煩你一天了。」

葉紅袖實在不好意思。他是自己的東家，是自己的頂頭上司，總這樣麻煩他不好。

「怎麼？不相信我的趕車技術？」坐在車頭的拓跋浚問。

「不，不。」

葉紅袖嘴上說著不，其實心裡也是有點擔憂的。她來濟世堂時，看到的都是車夫，他都是坐在車裡。

見他錦衣華服的，像是被人伺候慣了，趕馬車雖然不難，但也是有些需要技術的。她上次就和連俊傑學過，當時力道沒控制好，差點連馬車都翻了。現在已經很晚了，要是他技術不好，翻了馬車多危險。

才想起自己的心上人，葉紅袖就覺得有些不對勁，好像某處有道可以刺穿人的目光正冷幽幽地朝他們這邊射過來。

葉紅袖本能地朝那道目光回望了過去。

一看到冷臉冷眼站在不遠處的連俊傑，她差點嚇得魂都飛了。

「連、連大哥！」她結結巴巴地開口，小臉煞白。

明明什麼虧心事都沒做，但看到他此刻這副樣子，心底卻莫名生出了一絲心虛。

她疾步衝到連俊傑的身邊，親暱地挽住他的胳膊，將他拽到拓跋浚面前。

「我來給你介紹。」

「我知道，拓跋浚，妳的東家。」

話只說了一半的葉紅袖當場愣住了。她也是今天才第一次見東家的面，連俊傑怎麼會知道？

「看樣子，最近連公子很忙。」

拓跋浚話裡有話，唇畔的笑意也漸漸冷了下來。

「沒有拓跋公子忙。」

連俊傑的聲音很冷，望著拓跋浚的眸光也很冷。

看到這有些劍拔弩張的氛圍，葉紅袖的後背不由自主地沁出了一層薄薄的涼汗。

她原以為連俊傑剛剛的樣子只是因為打翻了醋缸，可現在看起來，好像不只這麼簡單啊……

「那個……時間不早了，我們就先回去了。」

葉紅袖急忙站出來打圓場，說完就硬拽著連俊傑走了。

上了馬車後，連俊傑也不吭聲，只繃著臉趕馬車。

他不吭聲，葉紅袖也不敢隨便說話了。

走了大概又一刻鐘，暗暗的路邊沒有一個行人，連俊傑才將馬車停了下來，隨後目光幽幽地看向葉紅袖。

「怎、怎麼了？」

葉紅袖被他這樣的眼神盯得頭皮發麻。

「我和他今天聊的只有這本醫書上的事，其餘一句多餘的話都沒有，不信你可以明天去問景天。」她趕緊解釋了一句。

「妳這個東家身分不簡單，以後最好不要和他接觸了。」

「怎麼？你查出什麼了嗎？」葉紅袖急忙湊了過去。

今天和景天聊了這麼多，她自然知道東家不簡單，可景天說的都只是些皮毛，看連俊傑的樣子像是他知道得更多。

「沒有。」沒想到的是，他只蹦了這麼兩個字。

「沒有？怎麼會沒有？」

葉紅袖以為是自己聽錯了。

「只查到了他叫拓跋淩，今年二十八歲，經商賣藥材出身。這些都是很表面的資料，聊勝於無。我找了最厲害的人去查他，查了一個多月卻是一點關於他的訊息也沒有。可前幾天，他的消息突然就被查出來了，好像有人知道他們在查，特地送來一樣。」

正是因為這樣，才讓連俊傑更質疑拓跋淩的身分。

他甚至懷疑送來讓自己知道的這些資料，都是拓跋淩自己做的。

「你懷疑他是壞人？」葉紅袖定定地看著他。「可是不會的，他開的是醫館，這些日子濟世堂給老百姓們的幫助是有目共睹的，他是救人，不會是壞人的。」

臨水縣最近一直都不大太平，程天順和毛喜旺失蹤後到現在，還是一點消息都沒有，她知道連俊傑在擔心什麼。

「我不管他是好人還是壞人，只想妳離他遠些。」

想起拓跋淩那張妖孽一般的俊臉，連俊傑就吃味。

他自認容貌算是不錯的，可剛剛見到拓跋淩的第一眼，他也驚到了。自己一個男人都被驚豔到了，更何況是女人。

「怎麼？吃醋了？」

葉紅袖湊到他面前，被他吃味的表情逗笑了。「你是對自己的容貌沒信心，還是對我不放心啊？我葉紅袖是那麼眼皮子淺只貪戀美色的人嗎？」

「要是他不只有美色呢？要是他還有很多常人想都不敢想的東西呢？」

不是連俊傑對她不放心，而是這個拓跋淩給他的感覺太危險了。

他的直覺一向準確，尤其在面對和自己旗鼓相當的危險人物之時。

「他有是他的事，和我有什麼關係？我心裡只有那個把我捧在心尖上疼著寵著的連大哥。」

葉紅袖伸手捧住連俊傑的臉。

聽到小青梅的情話，連俊傑的臉色瞬間緩和了許多。

可待兩人回到家裡時，卻發現家裡的氣氛很不對勁。

第七十三章

屋裡有濃烈到嗆鼻的酒氣，其中夾雜著濃烈的藥味。

坐在桌旁的葉黎剛臉色鐵青，拳頭是攥著的，額頭青筋暴出，一副要打人的樣子。

葉黎剛這個樣子嚇著葉紅袖了。他一向喜怒不形於色，現在這副模樣，像是被人摸著他的逆鱗了一樣。

上午趕來找人傾訴心事的蕭歸遠則低頭蹲在牆角，清俊的臉漲得通紅，動都不敢動。

不用說，摸了葉黎剛逆鱗的不是別人，正是蕭歸遠。

蕭歸遠聽到門口的動靜，急忙抬頭，看到是葉紅袖後立馬笑了，剛要開口，卻瞥到了葉黎剛朝自己射來猶如寒冰一般的眼神，嚇得他哆嗦了一下，急忙乖乖閉嘴。

「怎麼了？」葉紅袖看向站在一旁的葉氏。

「他來找覓兒，也不知道怎麼著，兩個人聊著聊著就喝上酒了。那個小丫頭的酒量妳還不知道嗎，也不知道到底喝了多少，竟把胳膊給弄脫臼了。」

「啊?!」

聽到阮覓兒受傷，葉紅袖嚇得臉色都白了，正要往阮覓兒的房裡衝去，卻又被葉氏給拉住了。

「剛剛已經被妳二哥接上了，小丫頭叫了兩聲直接疼暈過去，妳二哥正在算帳呢。」

葉氏衝蹲在牆角的蕭歸遠努了努嘴，示意葉紅袖此刻這裡的事更要緊。

果然是蕭歸遠摸到二哥的逆鱗了。

「我……我……」

在牆角蹲了半天，腿麻得幾乎都要不是自己的蕭歸遠張嘴要說話，可葉黎剛朝他一瞪眼，嚇得他已經醒了一半的酒又醒了一半。

「二哥，既然覓兒已經沒事了，那就算了吧！蕭大哥受了這次教訓後再也不敢了，更何況今天也是情有可原的。」

蕭歸遠被情所傷，借酒澆愁是能理解的。

葉紅袖走到葉黎剛身邊，這才發現二哥攥緊的拳頭，不僅指骨發白還微微顫抖著，像是一直刻意隱忍身體裡的怒火。

可見二哥是真憤怒到了極點，估計要不是念在蕭歸遠和自己同窗多年的情誼上，這個時候已經不知道用拳頭招呼他多少遍了。

「讓他走吧，我不想再看到他。」

這幾個字幾乎是從葉黎剛口中一個字一個字蹦出來的。

「那不行，我不走！我死都不走！」

葉黎剛話音剛落，蕭歸遠就連連搖頭，還一把抓過旁邊的一個高腳凳，死死抱著凳腳。

他知道自己要是就這麼走了，兩人的情誼就斷了。他好不容易才交上這麼一個真君子朋友，就這麼沒了，他可不幹。

「你打我一頓，罵我一頓，怎麼著都行，就是讓我走不行。」

蕭歸遠死皮賴臉的模樣把葉紅袖給逗笑了。

「蕭大哥，俗話說傷筋動骨一百天，覓兒這次傷了得好好養起來。這樣吧，從明兒開始，你照我的囑咐每日定時定量地送些補品來，算是賠罪。」

葉紅袖想了這個折衷的辦法。反正蕭歸遠什麼都缺，獨獨不缺的就是錢。

「這個法子好！可……」

蕭歸遠也衝她朝葉黎剛努了努嘴，意思是這法子也得他同意才行。

葉紅袖自然知道最主要的還是得二哥同意，便對二哥開了口。

「二哥，覓兒是嬌小姐出身，她需要補品補身子，為了她好，你還是同意吧。」

葉黎剛抬頭看了葉紅袖一眼，眼裡的憤怒一聽到是為覓兒好，稍稍緩解了一些。

「他闖的禍當然得他來負責了，你把他趕走，不是更便宜他了。」她又這麼補上了一句。

葉黎剛沒說話，也沒看一眼巴巴地盯著自己、等著自己點頭的蕭歸遠，而是起身朝阮覓兒的房間走去。

葉紅袖急忙衝蕭歸遠比了一個讓他起來的手勢。

蕭歸遠想要起來，奈何蹲的時間太長了，已經完全痲木的雙腿一點都不聽話，最後沒起得來，砰一聲坐在了地上。

葉紅袖送了連俊傑、蕭歸遠出門後，才進了阮覓兒的房間。

阮覓兒的房間其實是用葉黎剛的書房隔出來，兩人房間中間只隔著一塊薄薄的簾子。

房間很小，因為手頭緊，所以房裡的布置也很簡單，但挨著窗口的小桌子上永遠都會有一束鮮花。

那是葉黎剛每天起早去後山晨練時帶回來的。

屋裡靜靜的，葉黎剛的視線打從進了屋後，就沒從昏迷中的阮覓兒臉上移開過，深邃幽深的眸子裡，柔情傾瀉而出。

即使葉紅袖走到了他身邊，他也沒有刻意隱藏。

其實他早就知道，自己的心思妹妹是懂的。

「妳一定，對我很失望吧？」

葉黎剛抬頭看了自己的妹妹一眼，唇畔劃過一抹苦澀又無奈的笑意。

他一向自詡為君子，可所有的意志與克制在這個小丫頭面前，卻全都沒了。

這份心思他暗藏心底，不敢讓任何人知道，小心翼翼的，就怕會嚇著人。

「怎麼會呢？」葉紅袖在床邊坐下。

「怎麼就不會呢？」

葉黎剛的視線再次落在了阮覓兒臉上。

她是真疼壞了，小臉煞白如紙，就連一向殷紅的嘴都沒了血色。

「這個，妳怕是早就猜出來我是為誰求的。」葉黎剛取下了自己一直戴在手腕上的佛珠。

「你是好心，又這麼虔誠，菩薩會成全你的。」

葉黎剛回來了這麼長的時間，一直在吃素，未曾沾過一點葷腥。

「可是我還是很怕，怕她會出意外，怕她知道我的心思，怕她會被我嚇著。」

他一連說出了很多個怕，這是從未有過的，他一直都是天不怕地不怕的。

「二哥，你想多了。」

葉紅袖把他取下的佛珠小心翼翼地戴在了覓兒的手腕上。

「我也不知道為什麼會這樣，那天把她從水裡撈起來，將小小弱弱的她抱在懷裡，她輕聲在我耳邊說了一句：哥哥，我不想死，我要活著。也不知道怎麼了，這句話就撞進了我的心底。妳是知道的，我鮮少作夢，但那天從濟世堂分開後，我幾乎夜夜都夢到她在我懷裡說這句話，然後驚醒。那段時日，我天天都在懊惱後悔為何不在濟世堂就把她救了，可我無能為力，只能去寺廟求菩薩保佑，只要她能平平安安的，我願吃素一輩子。現在估計是菩薩知道我心裡生出了不該有的心思，所以才讓她出意外受傷吧……我寧願這些意外傷害都落在自己身上，加倍都行，就是不願她受一點點的傷痛。」

話聽到這裡，葉紅袖明白了，他因為太在乎阮覓兒，把這次的意外怪責到了自己身上。

「二哥，你不要想多了。你知道覓兒有多喜歡和依賴你，咱們好好護著她長大，等大了她知道你為她付出這麼多，會明白你的心思的。」

對這一點，她還是有信心的。

二哥原本就優秀，覓兒又依賴他，再過幾年青梅竹馬一起長大的日子，以後就會像自己和連俊傑一樣，自然而然地走在一起了。

「但願吧……」

葉黎剛卻沒葉紅袖說的這麼樂觀。

因著這次阮覓兒受傷的事，葉紅袖和葉黎剛再也不敢讓她離開視線了，更不敢讓她單獨和蕭歸遠相處。

蕭歸遠也知道，所以每次來葉家給阮覓兒送補品的時候，都會小心翼翼地避著她。

有時候阮覓兒在院子裡，他要進屋，都會等阮覓兒走遠了些才進去。

每次這樣，都把葉家人逗樂。

至於《難經要略》經過拓跋淩上次的講解，葉紅袖有種豁然開朗的感覺。

今天吃過早飯，她和楊月紅一道去了藥田。她要調製新藥，準備換膚用的。

楊月紅和葉常青的感情已經確定下來了，果然是人逢喜事精神爽，這些天，楊月紅的臉色一天比一天滋潤，身上的打扮也比從前用心許多。

像今天，髮髻上都多簪了兩朵珠花，衣裳也是新的，顏色和葉常青今天出門穿的顏色相近，有些情侶裝的味道。

「嘖嘖嘖，我們家未來的大嫂現在可真是人比花嬌了！」下地之前，葉紅袖隨手摘了一朵路邊的小紅花遞給楊月紅，笑著打趣。

「妳瞎說什麼呢！」

葉紅袖一句未來大嫂，讓楊月紅既歡喜又害羞，臉上比她手裡的花還要紅。

其實楊月紅的模樣在赤門村也算得上是翹楚的，只是楊土蛋出事後，她被生計搓磨得壓根兒沒有心思打扮自己，又整日被家庭裡外幹不完的活計拖累，人又瘦得不成樣子。

如今好好養了一段時間，又有愛情滋潤，往日的風姿也漸漸回來了。

葉紅袖看過好多次大哥望著她出神到失神的模樣。

「妳就別打趣我了，趕緊幹活吧。」楊月紅笑著輕輕推了她一把。

就在葉紅袖和楊月紅兩人專心在藥田裡幹活之際，突然從旁邊樹林裡躥出了一個黑色的影子。

她跑到藥田前，邊衝兩人指手畫腳，邊大聲嚷嚷：「哈哈哈，來了、來了！死了、死了！都死了！全都死了！」

葉紅袖和楊月紅猝不及防，都被她嚇了一跳。

「又是妳！」楊月紅捂著自己怦怦跳的胸膛，臉色發白。
「哈哈！死了、死了！都死了！全都死了！我就知道會死，我就知道！」
瘋姑娘沒理會楊月紅，繼續不停嚷著死了這兩個字。
「都死了，妳就不怕嗎？」
葉紅袖放下手裡的活兒，起身朝她看過來。上次海生在山上碰到她的時候，她喊的也是什麼來了，死了。
「怕？都會死，全都會死！怕？不怕！」
她的話讓人摸不著頭腦，卻朝葉紅袖靠近了兩步。
葉紅袖被她身上髒臭的味道嗆得猛咳了起來。她身上的臭味可不是一般難聞，就像是一股讓人作嘔的腐屍味道。
「哈哈！都會死！妳會死，我會死！妳也會死！都會死！」
瘋姑娘先指了指葉紅袖，又指了指自己，最後指著旁邊已經站好了的楊月紅。
「嗯，什麼東西，好臭！怎麼像死老鼠的味道？」
楊月紅剛走過來，就被瘋姑娘身上的臭味熏得差點把早上吃的飯給吐了出來。
她連連後退，對瘋姑娘避而遠之。
葉紅袖咳了兩聲後，忍著噁心開口。「妳說得沒錯，只要是人都難免一死的。」
上次碰到她的時候，她身上還沒有這麼噁心的臭味，一段時間沒見竟是臭成這樣，葉紅袖擔心她傷著了哪裡，是傷口發炎化膿了才會這樣。

「不、不！是死了！是已經死了！都死了！」

瘋姑娘連連擺手，像是聽明白了葉紅袖話裡的意思一樣。

可她的話，葉紅袖卻聽不明白了。

「什麼都死了？」

瘋姑娘沒再開口，而是瞪著驚恐的眼睛將周邊仔細打量了一遍，好像在防備著什麼一樣。

葉紅袖甚至還在她的眼裡看到了驚恐。

「是……」

嘩啦——嘩啦——

瘋姑娘正要張口，突然吹起了一陣風。風勢不大，但吹得樹葉嘩啦啦作響，動靜很大。

「啊——來了、來了！他們來了！殺人了、殺人了！」

已經湊到了葉紅袖耳邊的瘋姑娘，突然驚慌失措地大喊大叫了起來，滿臉滿眼都是驚恐。

她說完轉身就跑，但沒看到腳下的石塊，被絆了一跤，爬起來的時候，鼻子摔破了，鼻血嘩啦啦地往下淌。

她也顧不得疼痛，摸了一把鼻血，衝葉紅袖、楊月紅揚手喊了一句。「跑、跑！他們來了！壞人來了！要殺人！全都殺了！妳們趕緊跑！」
自己喊完又繼續跑了。
「紅袖，怎麼辦？」
瘋姑娘滿臉的血讓楊月紅害怕。不知道為什麼，她剛剛喊出的那些話，讓她心裡也有些發慌。
「先追上再說！」
葉紅袖心裡閃過一個直覺，覺得瘋姑娘剛剛衝她和楊月紅喊的趕緊跑是善意的提醒。
她雖然瘋癲，講話沒條理，但眼睛是不會騙人的，她眼裡的驚恐是真的，說明她是真的害怕。
為什麼會害怕？就是因為有人來了，殺人了，所以她才害怕。
想到這些，葉紅袖突然對這個瘋姑娘的身世和遭遇感興趣了起來。
兩人跟在瘋姑娘的身後一路跑著，好在她因為受傷，這次跑得也不快，方向是朝山下去的，追起來也不費勁。
追了大約半個時辰，最後三人到了山腳下一個幽靜的林子裡。
這裡很潮濕，到處布滿了青苔，所以相當濕滑，樹木也茂密，前面走著的時候還有條羊腸小徑，待走到後面，壓根兒就沒有路了。
瘋姑娘仍是不管不顧一個勁兒地往前面鑽，葉紅袖和楊月紅只能用手上的藥鋤邊走邊砍擋在她們面前的樹枝了。

「紅袖，還要追嗎？要不咱們回去吧，這裡看著真是嚇人啊！」

楊月紅看著周邊越來越陰森的環境，打起了退堂鼓。

越往裡走，寒氣濕氣越重，光線也跟著越來越不好了。

小時候，她聽村子裡的老人說過這山谷裡有鬼的故事，什麼綠毛鬼、無頭鬼，小時候聽了她就整夜睡不著覺，現在想起來，寒毛全都豎起來了，就怕走著走著，前面真的會突然躥出一個沒頭的鬼來。

「既然已經追到這裡了，不如再進去看看。」

葉紅袖雙目緊盯走在前頭的瘋姑娘。她注意到，進了林子以後，那個瘋姑娘好像刻意放慢腳步，感覺像是要等著她們跟上一樣。

「可是，唉呀——」

楊月紅剛要開口，腳下一滑，差點摔跤。

葉紅袖急忙將她扶住，兩人站穩後再向前走，卻驚詫地發現，瘋姑娘不見了！

第七十四章

「人、人呢？」

楊月紅嚇得都結巴了，她前後左右都看了，就是沒看到瘋姑娘的影子。「紅袖，現在怎麼辦？」

「走，回去！」

葉紅袖的心裡也閃過不祥的預感，拉著楊月紅剛要轉身，剛剛失蹤的瘋姑娘卻突然從一旁躥了出來，眼睛直勾勾地盯著她們。

兩人被她嚇了一跳。

「妳怎麼——」

葉紅袖話都沒說完，瘋姑娘就伸手推了她們一把。

「死了！都死了！全都死了……」

兩人跌落草叢，不斷往下翻滾的時候，還聽到了瘋姑娘這句越傳越遠的話。

好在這裡的草地比較柔軟，兩人翻到山溝裡的時候，只有身上臉上髒得厲害，並沒有受傷。

「這個人是真瘋子！」爬起來的楊月紅氣得直跺腳。

她娘雖然也瘋過，卻從來不會幹這樣傷人害人的事情。

「都是我不好。」葉紅袖很內疚，是她堅持要追上來的。

原以為瘋姑娘說的那些話別有內情，卻沒想到她會來這麼一招。

「嗯，好臭啊！這裡的味道比那個瘋子的身上臭多了！」

兩人起來後的第一個想法就是——這裡實在太臭了，味道比糞坑臭十倍都不止。

「妳拿這個放在鼻子下會好受一些。」葉紅袖隨手摘了兩片薄荷遞給楊月紅。

她自己把薄荷葉塞進鼻子的時候，打量了一下周圍環境。

這是一個狹窄的山洞，前面有塊不大的水窪，周圍倒是沒什麼樹木，就是青苔特別地多。

葉紅袖抬頭看了一下她們剛剛滾下來的地方，坡並不陡，爬上去不是難事。

「臭味是從那裡散出來的，咱們去看看。」葉紅袖指了指前面水窪的地方。

「還去啊？紅袖，咱們還是趕緊回去吧！我有些怕……」

楊月紅被瘋姑娘剛剛的行為弄得是草木皆兵了，現在看什麼都覺得危險，更怕那個瘋姑娘又不知道從哪個犄角鑽出來推她們一把。

「沒事的，這裡沒有擋住視線的樹木，她跑出來咱們也能看得到。我是覺得這個臭味太奇怪，聞著像是……」

腐屍二字她沒敢說出來。楊月紅已經嚇成這樣了，要是聽到腐屍，還不得嚇破了膽。

「像什麼？」葉紅袖不說，楊月紅反而好奇了。

「像是一種奇怪的藥材，我也不確定，咱們先去看看吧！」

葉紅袖用藥材引楊月紅上鉤。她最近學習的勁頭很足，用這個她就不會怕了。

「啊？還有這麼臭的藥材啊？治什麼的？」

果然，楊月紅上鉤了。

「我也不確定是什麼，咱們先去看看吧。」

葉紅袖拉著她小心翼翼地走了過去。

兩人越是靠近，臭味就越濃，到後面，楊月紅實在堅持不下去了。

「怎、怎麼會有這麼臭的藥材！」

她話都沒說完就抱著肚子到一邊去吐了。

而繼續向前的葉紅袖臉色則是越來越凝重。

現在，她能肯定這個味道就是腐屍味。

果然，等她走到水窪邊時，看到水裡趴著兩具已經變得腫脹的屍體。

她撿了一根樹枝，把原本趴在水裡的屍體翻了個面。

兩具屍體一翻過來，她忍不住也跟著大口嘔吐起來，翻江倒海的，直把苦膽水都吐出來了，這才停了下來。

她會吐不是因為腫脹的屍體已經變得有多噁心，也不是因為靠得越近、臭味越濃，而是她萬萬都沒有想到，這兩具屍體竟然會是失蹤許久的程天順和毛喜旺。

「紅袖，怎麼了？找到藥材了嗎？」

楊月紅被過濃的臭味熏得已經不敢再靠近了，但還是對這個臭氣沖天的「藥材」感興趣。

「不是藥材。」

震驚過後的葉紅袖情緒很複雜。

「不是藥材？那妳拿根棍子戳什麼呢？」

楊月紅止不住心裡的好奇，想要忍住臭味過去看看。

葉紅袖急忙讓她止步。「月紅姊，妳別過來！」

「怎麼了？」

楊月紅雖然停下腳步，但還是無法壓抑內心的好奇，踮著腳朝水窪看了過去。

她看到了兩個人。

人？楊月紅的臉色變了，眼裡閃過一抹驚恐。

「他們是誰？」

「妳先別管這麼多，趕緊回去把連大哥和大哥都喊來。」

葉紅袖沒告訴她答案，還讓她趕緊回去。

程天順和毛喜旺不明不白地死在這裡，實在太蹊蹺了，更蹊蹺的是，引她們過來的是瘋姑娘。

她現在總算明白瘋姑娘身上那股嗆鼻的腐屍味是怎麼來的，也知道了她口中的死了、全都死了，是什麼意思。

「不行，妳不能一個人留在這裡，這裡太危險了！」

楊月紅想過去卻又不敢過去，但讓葉紅袖一個人留在這裡，那是絕對不可能的。

兩個大男人都能不明不白地死在這裡，誰知道這裡有什麼無法預測的危險。如今在她看來，那個神出鬼沒的瘋姑娘都是個極度危險的人物。

「可他們死得實在太蹊蹺了。」

葉紅袖知道這裡危險，可就這麼走了，她也不放心。

上次在牛鼻子深山，爹生前的醫具就留在山洞裡，可是等她和連俊傑第二次去的時候，什麼都沒了，一點線索都沒有留下。

她怕自己就這麼走了，等她再回來，這裡的痕跡也會被人給抹平。

最重要的是程天順、毛喜旺他們和麓湖戰役有關啊！

他們都以為他倆逃跑了，沒想到他們卻死在這裡，那不用說，這個動手殺了他們的人，勢必也是和麓湖戰役有關的。

「死得蹊蹺，妳也不能一個人單獨留下！咱們趕緊去趕緊回，他們死在這裡，屍體臭成了這樣，肯定有很長時間了。這麼長時間都沒人發現沒人管，也不會在我們下山的這一小會兒就有事的。」

楊月紅是說什麼都不放心讓葉紅袖一個人留下。

「也成，咱們抓緊時間應該來得及，但等我先看看。」

葉紅袖邊說邊打量了一下周圍的環境。

腳下的青苔完好無損，並沒有打鬥過的痕跡，她再循著水窪往前看，發現山洞前面不遠處的頂上有個很大的洞。

那邊的地勢要高一些，水窪裡的水是從那邊流過來，葉紅袖猜想他們應該是從上面被沖下來的。

她走過去，發現那個洞口下邊有不少折斷的樹枝，再抬頭，看到那個頭頂處的洞口足足有五、六米寬。

這下她能肯定他們兩個人是從上面摔下來的。

她低頭再掃視了一下水窪裡那些折斷的樹枝，在一根枝椏下發現了一個奇怪的東西。

她蹲下，剛要用手裡的樹枝把那東西挑起來看看，對面的楊月紅又急得叫了起來。

「紅袖，好了嗎？咱們還是趕緊回去吧！」她聲音抖得厲害。

「好了。」

起身前，葉紅袖還是把那塊東西給挑了起來。

那東西的尺寸不大，挑起來後看著像是個面具……面具？

她看向面具的正面，對上的瞬間，她砰一聲倒在了地上。

水窪對面的楊月紅被葉紅袖突然倒在地上的舉動給嚇到了，她急忙大叫著躍了過來。

「紅袖！紅袖！」

待跑到葉紅袖身邊時，她更被嚇到了。

她從來沒有見過葉紅袖露出這麼難看的臉色。

不說臉了，就說她的嘴唇，煞白得沒有一絲血色，望著面具的眼裡只有驚恐，紅袖可是天不怕地不怕的啊！

「紅袖、紅袖！妳怎麼了？妳沒事吧！」

葉紅袖抬頭朝衝自己大聲喊著的楊月紅看過去，只覺得明明就站在眼前的她變得越來越模糊，近在耳邊的聲音也越來越遠……

最後，她眼前一黑，整個人暈了過去。

迷迷糊糊間，她伸手推開擋在面前的枯草，刺眼的陽光照得她眼睛都要睜不開了。

她小心翼翼地從一個枯樹下的洞裡鑽出來，左右看了看後，發現雲飛表哥沒有追上來。

她心裡閃過一絲小驚喜，然後又被巨大的悲傷給掩蓋了。

「他不會死的……他答應過我一定會回來的，我要去找他，我一定要找到他！」

她用小手摸了一把額頭上的汗，咬牙繼續往山上爬。

山很大很高，她很小很熱，等她呼哧帶喘地爬到了山的最高處時，天色已經慢慢黑了下來。

窸窸窣窣，窸窸窣窣……前邊不遠處傳來了一陣急促的腳步聲。

小小的她急忙縮在一顆大石頭後面。

腳步聲停了下來，後面傳來了隱隱約約的說話聲。

「和峴村……全部……留不得……」

她能聽到的只有這些。

和峴村這三個字引起了她的注意。她記得他曾經和她說過，說那個和峴村的村長想討他當女婿，他還說那個姑娘長得挺好看的，氣得她半個月沒理他，因為她覺得自己才是這世上最好看的姑娘。

她悄悄爬起來，想要看看那個和峴村村長的女兒長什麼樣。

可等她把小腦袋探出石頭後，看到的卻是一夥穿著黑衣裳，戴著青面獠牙面具的人。

「啊——」她嚇得驚聲尖叫，還以為自己在山裡遇到了村子裡老人講的綠毛鬼。

她的叫聲引起了那幫人的注意，然後，她就看到那幫人朝她奔了過來。

講故事的老人說被綠毛鬼抓去會被吃掉！她嚇得轉身就跑，身後的腳步聲卻越來越近，越來越近……

她回頭，最靠近她的那個青面獠牙伸手推了她一把。

「啊——」

葉紅袖驚叫著坐起身，身上冷汗涔涔，守在床邊的葉氏被嚇了一跳。

「沒事了，沒事了，咱們到家了！到家了！」

葉氏以為女兒是被程天順、毛喜旺的屍體嚇到了，急忙擰了帕子來給她擦汗。阮覓兒則急忙拿小胳膊抱著她，還拍著她的身子輕聲安慰著。

「三姊不怕，三姊不怕，我來保護妳。」

葉紅袖接過葉氏遞過來的帕子，抹了額頭上的汗，她轉頭看了看外頭快要變黑的天，疑惑自己是怎麼回來的。

「我沒事。我怎麼回來的？」

「當然是月紅了，可把她給累壞了，把妳揹進家門後，她累得腿打顫，站都站不起來，還是妳大哥把她揹回去的。」

「那山上的事，大哥和連大哥他們都知道嗎？」葉紅袖急忙追問。

「知道，聽了月紅的話就馬上上山去了，妳二哥還去縣城報官了呢！妳看妳，怎麼沒被屍體嚇到，還被一個面具給嚇到了呢！」

山上的事，葉氏都聽楊月紅說了，知道她膽子大把屍體翻了過來，還騙楊月紅說那是藥材。

「三姊，那個面具就那麼嚇人嗎？妳怎麼膽子比我的還小呢？以前我娘買了一個鍾馗的面具說是鎮宅用的，看都不讓我看，說什麼那個是京城裡最讓人害怕的面具，我看了會被嚇到。後來我趁她不注意，把面具偷了出來，也不嚇人啊！我還戴著玩了好幾天呢！」

阮覓兒爬上床，把剛剛晾涼的定驚茶遞到葉紅袖面前。

「嚇人的不是面具，而是戴面具的人。」

葉紅袖接過定驚茶，一口全都乾了。

「戴面具的人？什麼人？」

葉氏的問題剛問出口，院子外頭就傳來了聲響。

「都回來了？」

知道回來的是連俊傑和大哥他們，葉紅袖急忙掀被子下床，打算問個清楚。

「妳別動！」

被子才剛掀開，一個高大的身影就從屋外走了進來，將她的身子重新押回了床上。

隨後，葉常青和葉黎剛也都走了進來。

「怎麼樣了？有沒有哪裡不舒服？」連俊傑柔聲開口，滿臉擔憂。

她的臉色雖然比他出去的時候要稍好一些，但還是白得厲害。她的手也冷，好像沒什麼溫度。

「我沒事，剛剛已經喝了一碗定驚茶了。你與我說說山裡的情況。」

「仵作驗過屍了，兩人都是被人打斷了胸前三根骨頭，然後從山上扔下來的。因為那裡地勢太偏，所以這麼長時間才一直沒被人發現。月紅說妳們是被一個瘋姑娘引過去的，這是怎麼回事？」

「是她把我們引過去的，但她為什麼這麼做，我卻不清楚。不過有一件事，估計你們更不可能會想得到。」

「是什麼？」

連俊傑伸手捋了捋她臉頰邊被汗水打濕的頭髮。

她被楊月紅揹回來時昏迷的樣子，真是把他嚇壞了，好在她現在好好的，就坐在自己的眼前。

「我當年滾下山，不是意外，而是人為。」

「人為？難道是雲飛？」

葉常青脫口而出，當年跟著妹妹一道上山的只有陳雲飛。

「啊？不會吧？不可能的，雲飛不可能會幹這種事，你們都知道雲飛是喜歡紅袖的，他怎麼可能會把紅袖推下山？」

葉氏連連否認，在她的心目中，自己這個外甥雖然有時候脾氣不好，但是他對紅袖的好，她全都看在眼裡。

但凡有一點好吃的好喝的，全都緊著紅袖先。他以前可是家裡的大少爺，好東西都緊著他先來的，能做到這一步，足見他有多喜歡紅袖了。

後來還為她賣身，那就更不可能了。

「是他嗎？」連俊傑也問。

「不是他，是一個青面獠牙面具人。」

「青面獠牙面具人？」

屋裡眾人面面相覷，他們都是第一次聽到這個詞。

「妳的意思是把妳推下山的，是戴著這個面具的人？」

連俊傑明白她的意思，但也覺得不可思議，所以又問了一遍。

「嗯，我現在可以很肯定，當時把我推下山的人，就是戴著那個面具的！」

葉紅袖很肯定地點頭。她現在已經依稀有了些那天的記憶了。

「可是怎麼可能？妳摔下山的那年才十歲。」葉黎剛把放在外頭的面具拿了進來，同時說出了自己心裡的疑問。「這個面具我們剛剛查看過了，是新的，不是舊的。我們剛剛在山上也仔細查看過了，這個面具應該是程天順他們在山上打鬥的時候扯下來的。」

面具上還有塊殘缺，就是從高處掉下來時砸的。

葉紅袖伸手把面具拿了過去，仔細看著上面的圖案。

紅綠黑三種顏色摻雜在一起的面孔，還有長長的獠牙和濃密的絡腮鬍，這個面具一直都是她的惡夢。

如今拿在手裡，就在眼前，卻像阮覓兒說的那樣，也沒那麼恐怖。

「聽著好像很不可思議，但這個就是真的。還有一件事，你們可能更想不到。」

葉紅袖腦子裡那段模糊的記憶，現在越來越清晰了。

她已經記起那天的事情，甚至連一直都是面目模糊的表哥陳雲飛也想起來了。他果然如大家說的那樣，長得挺好看的，白白淨淨，身挺玉立。

「還有想不到的？是什麼？」

葉常青和葉黎剛都湊了過來。

「他們當時討論的是和峴村，具體說的是什麼我沒有聽清，只聽得什麼和峴村全部留不得。我記得，和峴村的瘟疫好像就是那年發生的吧？我猜想，那些人是怕我洩密就想殺人滅口。」

這樣的猜想讓葉紅袖越想越覺得有可能，卻也越想越覺得恐怖。

她猛地又想起在牛鼻子深山的那些醫具，這會不會也有關聯呢？

想起牛鼻子深山，她也想到了自己丟失的那串手鏈。她記得，自己當時伸手推開面前雜草的時候，手串是還在手腕上的。

那……

葉紅袖越想，身子越涼。

第七十五章

「照妳說的意思，滅了和峴村整個村子的瘟疫是人為的，不是天災？」

葉黎剛一開口，頓時覺得背脊竄起了一陣寒意。

「這也只是我的揣測，但如果不是，他們為什麼要死命追我呢？還有，瘋姑娘不停念叨著什麼死了、都死了、他們來了，這裡的他們不就是那些面具人嗎？」

葉紅袖覺得瘋姑娘口中的「他們」就是面具人，她清楚地記得瘋姑娘一說到他們時，眼睛裡就會露出掩藏不住的驚恐。

「連大哥，你還記得我那串丟失的手串嗎？」她看向坐在床邊的連俊傑。

「記得。」

連俊傑點頭。此刻他的臉色是前所未有的凝重，眉頭緊蹙，顯然也是一直在想這些事的關聯。

「我現在想起來了，當時我上山要去找你的時候，手上的手串是還在的，但大哥說我被雲飛表哥揹下山的時候，手串已經丟了。」

「可妳的手串在牛鼻子深山，還和妳爹的醫具放在一起。」

連俊傑怎麼都沒想到，這麼多年前的事，因為程天順和毛喜旺蹊蹺的死竟然全都摻在一起了。

「爹的醫具在牛鼻子深山？」

葉黎剛和葉氏一同吃驚地看向葉紅袖。他們都一直以為那套醫具是丟了的。

「嗯，但是現在已經不在了。」

葉紅袖仔細把那天在牛鼻子深山發現醫具的經過告訴他們。她說得越多，屋裡的氣氛便越凝重。

「現在看來，爹的死都別有內情了。」這是葉黎剛聽完之後的第一個念頭。

「可是，這有可能是同一批人嗎？」

葉常青看向連俊傑。這前後相隔的時間太長了，妹妹又失憶過，他始終覺得不大可能。

「現在最主要的是先找到那個瘋姑娘。」葉紅袖急忙開口。

當初和峴村全村人得瘟疫滅村的事，她是肯定知道一些內情的。

程天順和毛喜旺死了，還知道把她引過去，對這個瘋姑娘的身分也生出了更多疑惑。

「這個我知道，但現在這事牽連越來越多，只是咱們這樣查是什麼都查不出來的，得讓更專業的人來查。」

連俊傑越深思越察覺到了事情的嚴重。

「更專業的？是誰？」

屋裡所有人的視線都落在他的身上。

「過些日子你們就知道了。」連俊傑卻沒有多說。

「對了，你們今天見到新知縣了嗎？他是真糊塗還是假糊塗？」

連俊傑說要找更專業的人來查，看著像是不信任這個新來的知縣。葉紅袖倒是一直都對這個新知縣很好奇。

「妳不說這個新知縣還好，一說起來我們就想笑。」葉常青笑著開口。

葉紅袖察覺到站在一旁的二哥，嘴角也不由自主地翹了起來，想必大哥說得不假。

「那到底是怎麼個糊塗法嘛？上次老不正經老師都把我給繞糊塗了。」

阮覓兒也湊了過來，上次衛得韜和她說什麼真糊塗假糊塗的時候，已經讓她對這個人極感興趣了。

「上山的時候，山路不是濕滑不好走嗎？他也不知道到底是怎麼回事，總是摔跤，妳們是沒看到他當時狼狽的樣子，身上的衣裳就沒有一塊乾淨的地方，還有一次摔狠了，連頭上的官帽都摔下來了。」

葉常青繪聲繪色的描述逗得屋裡人都哈哈大笑了起來。

葉紅袖和阮覓兒尤其笑得開心，屋裡的氣氛直到這個時候才稍稍輕鬆了些，所有人的臉色也好看了些。

「他這麼糊塗，那是怎麼當上知縣的？難不成真是用了什麼不正當的手段謀來的？」

買官賣官的事，葉紅袖是在電視裡聽說過的，聽說還是合法的。連路都走不穩，真不知道他這個知縣是用多少錢換來的。

「他的官可是憑自己的真本事掙來的。」連俊傑忍笑開口。

他倒沒想到在這裡竟然會遇到京城的舊人。

安尹韋見到他的瞬間，也是愣了好一會兒，好在他眼力還行，自己搶先做了一番介紹後，便知曉了自己有意隱藏真實身分，也就陪著自己演了一把。

「這怎麼說？」

葉紅袖看向連俊傑，現在不管他知道誰，她都不驚訝了。

「當年他連中三元，一鳴驚人，殿試的時候，連皇上都對他讚賞有加，差點要招他為駙馬了，但因為他那個時候已有家室只得作罷，但還是封他為四品的府尹。」

「二哥，四品府尹的官很大嗎？」

阮覓兒對官職沒有概念，但看葉黎剛吃驚的樣子，便知道這聽著像是個很大的官。

「大也不大，但是剛參加完殿試就能直接封四品府尹，這不是一般人能做到的。」

葉黎剛覺得自己怕是小瞧了這位新知縣。

「皇上當時是太高興和太衝動了，以為自己招攬到難得的賢才，只可惜的是……」

連俊傑突然停下，笑著搖頭的模樣越發勾起眾人的好奇心了。

「只可惜什麼，你趕緊說呀！」

被吊了胃口的葉紅袖著急地推了他一把。

「只可惜這人秉性耿直，又是一根筋。他一入官場就想來個出淤泥而不染，可官場是什麼地方，就像是潭攪不清的渾水，裡面什麼樣的人、什麼陰謀詭計都有。他這樣的人沒有後臺可依仗，又只是一個四品府尹，那些職位比他高的，有權有勢有後臺的，想要弄他就像是捏螞蟻那麼簡單。但他這個人吧，又確實有些真本事，四品府尹又是皇上親封的，所以那些看他不順眼的高官們便聯合起來慢慢打壓他。這些年，他由四品府尹慢慢降成了現在的七品芝麻縣令，估計是這些年什麼稜角都被磨掉了，心裡也清楚了很多事情，索性就一直裝糊塗。」

連俊傑說完，看向站在自己身後的葉黎剛。

葉黎剛明白他的意思。怪不得當初找他詢問的時候，連俊傑和衛得韜都一直讓他收斂鋒芒。

因為他們都知道他的性格，就怕他最後會落得和這個糊塗縣官一樣的下場。

「不是貪官那就可以放心了，就怕他是個鑽進了錢眼裡的貪官。」

葉紅袖聽聞，心裡稍稍安心了些，也算是明白了為什麼連俊傑他們都不再堅持讓二哥去衙門當師爺。

在這樣的頂頭上司之下做事，想要把事做好，只怕是難啊！她好像已經看到葉淩霄焦頭爛額的樣子了。

「妳躲著偷偷笑什麼呢？」

連俊傑注意到了葉紅袖偷偷揚起的嘴角。

「笑有人現在的日子不好過啊！以為自己進衙門當了師爺光宗耀祖了，現在日子難過了吧！你們今天肯定也見到葉淩霄了，他有多狼狽，和我們說說唄。」

聽仇人的糗事可是最大快人心的。

「哈哈，他就不用說了，起先上山見到我們後還一臉不屑，白眼都快要翻到天上去了。誰知道他一到水窪，看到那兩具屍體，嚇得魂都沒了，雙腿發軟，站都站不住，把膽水都吐出來了，下山的時候還是衙門的兄弟把他給攙下去的。」

「一個糊塗的縣官，一個一看到屍體就嚇得腿軟的軟腳蝦師爺，這麼大的案子確實不能讓他們去查。」

葉紅袖覺得連俊傑的考慮是對的。

「妳這兩天好好在家休息，哪兒都不要去了，我會抓緊時間上山查清楚的，」

連俊傑仔細掖了掖葉紅袖身上的被子。她的臉色雖然現在稍稍好了一些，但他還是不放心。

「不行，我明天得去海家。海公子的藥要用完了，我得去看看傷口恢復的情況，再順便和他說說換膚的事情。」

葉紅袖搖頭。她已經好幾天沒去海家了，這邊的事她幫不上什麼忙，但海景軒那邊還等著自己呢。

「換膚的事妳有把握嗎？海公子可把全部的希望都放在妳這裡了。」

原本正要出門的葉常青忍不住回頭這樣說了一句。

他急著去看楊月紅。揹著妹妹回來的時候，她累得雙腿打顫，臉上全無血色，他也怕她累壞了。

「是啊！紅袖，妳就看了一本醫書，以前也沒碰到過這樣的病人，海公子的病情又不一般，沒有把握的事情妳可不要逞強啊。」

葉氏也忍不住跟著擔憂起來。

「放心吧！東家說了是完全可行的，還說我要是不行，到時他會出手，紀大夫可說他的醫術是華佗再世，能起死回生的。」

說起拓跋浚的醫術，葉紅袖既是崇拜又是自豪。

能在這麼有本事的東家手下做事，想不自豪一番都難啊，最重要的是，長得還好看！真是哪兒都是優點啊！

葉紅袖說得洋洋得意，卻全然沒注意到某人越來越黑的臉。

察覺到了不對勁，站在床邊的葉黎剛急忙衝趴在床上翻醫書的阮覓兒招了招手。「覓兒，回房了。」

「等一下，我這裡正看到精彩的地方呢！這上面畫的圖說有些人可以一下生出三個孩子來呢！真是厲害啊！二哥，別人一直都說你很厲害，以後你也一下子生三個孩子吧，三個娃娃一起長大，多熱鬧多好玩啊！」

阮覓兒的話逗得屋裡屋外的人都噗哧笑了出來，連俊傑黑如鍋底的臉也稍稍好了一些。

但葉黎剛的臉色就沒那麼好看了。他也不廢話，走到床邊，一把將還低著頭孜孜不倦翻著那本醫書的阮覓兒給拎下了床。

「妳要是願意帶，生十個都可以。」出去之前，他這樣說了一句。

「我要嫁人的，怎麼給你帶孩子啊？讓嬸嬸帶，一下子這麼多的孫子孫女，她肯定喜歡的。」

葉紅袖聽了這話愣了一下。看來那天晚上二哥在阮覓兒房裡的擔憂不是沒有道理的。

葉黎剛才拎著阮覓兒走了，某人帶著酸意的聲音便突然響起。

「看樣子，妳對拓跋淩的敬佩之心不是一點兩點啊！」

葉紅袖回頭，被連俊傑仍舊黑著的臉給逗笑了。

「醋缸子又打翻了？你怎麼總是這樣？」

不過就是兩句讚揚東家醫術好的話，他都能打翻醋缸子，葉紅袖也不知道是好事還是壞事。

「妳怕是忘了當年我說和峴村村長女兒長得好看，妳吃醋半個月沒理我的事了。」

提起和峴村，唯一能讓連俊傑高興的便只有這個了。

那個時候紅袖還小，他就和葉黎剛一樣，小心翼翼地藏著對她的感情，就怕會嚇著她。

可他又極度想知道自己在她心目中到底是什麼樣的位置，好在他拿和峴村村長女兒長得好看的事一測就測出來了。

「你不知道小時候的事我全都忘了嗎？說的這些，我可是一點印象都沒有啊！」

葉紅袖笑著嘴硬。與和峴村有關的事，她印象最深的就是這個了，但她可不會說出來。

第二天清早，吃過早飯，葉紅袖就去了海家。

連俊傑、葉常青則去了後山，他們想找找有沒有其他線索，再順便找找那個瘋姑娘。

「換膚的事有眉目了嗎？」一進門，海景軒就衝葉紅袖詢問了起來。

「眉目是有了，但是我沒有絕對的把握。」

葉紅袖把調製好的藥水一瓶一瓶地擺放在桌上，這些藥水都是按照《難經要略》上面調製的。

「那妳有幾分的把握？」

「最多兩分。」

這兩分，葉紅袖都說得有些底氣不足。

雖然那天東家和她說了，只管照著書上說的做，不行就去找他，但她畢竟先前沒有接觸這類病例，實在不敢打包票，甚至一半的底氣都沒有。

「別說是兩分，就是只有半分，我都要試試，我不想一輩子藏在這個屋子裡見不得人。」

「但在嘗試之前，你心裡最好有個準備，這個過程會非常非常的痛苦，等於是削皮剔骨。這個痛楚是常人難以想像和忍受的，我們東家說有可能你半途就堅持不下來。你還要清楚一點，這個是只要咱們動手了就無路可退，不然最後你的樣子會比現在還要難看十倍都不止。」

正是因為無路可退，葉紅袖才讓海景軒一定要慎重考慮清楚。

「妳看我現在的樣子，還有退路嗎？」

海景軒定定地看著葉紅袖，扯出一抹苦澀的笑意。

但因為臉上的傷口，他連露出這個笑都變成了奢望，他不想一輩子人不人鬼不鬼的，只能躲在屋子裡不見人，所以便是拚死，他都要搏一搏。

海景軒同意了，葉紅袖便把調製好的藥水給他，還仔細叮囑了伺候他的丫鬟要怎麼用。

這藥水要用七分熱的熱水化開，水不能熱一分，也不能冷一分，最難的還是要一直保持水溫在七分熱。

人體在五分熱的水裡泡著就會覺得燙，海景軒一身的傷口要泡在七分熱的水裡整整兩個時辰，再加上藥水的刺激，痛苦程度是常人難以想像的。

更痛苦的還在後面，他身上那些泡開的傷口得一點一點全扒下來，等露出新的傷口，再搽上新的藥水。

等葉紅袖給他重新搽上藥水後，海景軒徹底痛暈過去了。

一切弄完，回到赤門村時，天色已經徹底暗了下來。

原本這個時候，家裡的燈已經亮了，煙囪也應該在冒煙才是。可今天卻是裡裡外外都黑乎乎的，一點亮光都沒有。

在院子裡抱著團子的阮覓兒見她來了，忙朝她跑過來。

「怎麼了？有事？」

「連大哥和大哥今兒在山上找到那個瘋姑娘了，現在就在裡頭。」阮覓兒指了指屋子裡頭。

才說著，屋裡就傳來了瘋姑娘的叫聲。

「死了、死了！都死了！全都死了！」

葉紅袖立馬朝屋裡奔去。

聲音是從最裡頭的雜物房傳來的，一到房門口，她就被裡頭傳來的惡臭味熏得連連後退。

這個味道她認得，就是瘋姑娘身上那股讓人受不了的腐屍味。

雜物房裡同樣沒點燈，借著月光，葉紅袖看到連俊傑蹲在一張舊桌子前。

「姑娘，妳出來吧，這裡沒人會害妳。」

「是啊，妳出來，我給妳吃的好不好？」

蹲在旁邊的葉常青晃了晃手上的白麵饅頭。

葉紅袖蹲下，看到桌子下面縮著一個瑟瑟發抖的黑色影子。

「死了！都死了……全都燒死了！全部都燒死了！」

瘋姑娘像是沒聽到連俊傑的話一樣，縮在角落裡，不停地重複著這句話。

「娘，為什麼不點燈啊？」雜物房裡又黑又臭，葉紅袖還真有些受不了。

「是她不讓點。」

葉氏衝她指了指縮在桌子底下的瘋姑娘，隨後把情況仔細講了一遍。

「常青說兩人上山沒多久就找到她了，可他們還沒開口呢，她就笑嘻嘻地衝到俊傑面前。常青說她好像認得俊傑，兩人要帶她下山，她也立馬就同意了。下山後原本還挺乖的，不叫不鬧，就跟著俊傑。可沒想到，天一黑，咱們剛把燈點起來，她就鬧起來了，把燈滅了以後，她就縮在裡頭不出來了。俊傑和常青都已經哄了她半個時辰，一點用都沒有。這裡給你們管吧，我去燒飯了！」

見女兒兒子都回來了，自己又幫不上什麼忙，葉氏索性轉身走了。

「她說全都燒死了，會不會就是當年和峴村瘟疫放火燒村子的事？」葉黎剛說出了自己的猜想。

「還是先把人哄出來吧。」

葉紅袖也覺得有關係，但她現在更奇怪的是這瘋姑娘怎麼會認識連俊傑？連俊傑可是出去六年多了，按道理說他是不認識她的。

和峴村，難道……

「大哥，我來吧。」

葉紅袖從葉常青的手裡把饅頭拿了過去。

「嗯，這個白麵饅頭真好吃！我都餓壞了，能吃五個，妳要不要也嘗嘗？」

她先是咬了一口右手上的饅頭，然後把左手的饅頭遞到了瘋姑娘的面前。

她日日夜夜都在山上，又瘋瘋癲癲的，肯定是飽一頓餓一頓。儘管心裡忌諱、害怕某些東西，但生理本能會在這個時候戰勝任何心裡的恐懼。

果然，原本一直處在驚恐中、自言自語的瘋姑娘，瞬間被她手裡的饅頭吸引了。

尤其葉紅袖在吃的時候，還故意吧唧了兩聲。

瘋姑娘舔了舔自己乾涸到破裂的唇，她已經不記得自己有多久沒有吃過這樣白淨的白麵饅頭了……

「妳到底要不要啊？不要我可就全都吃了，我說了我能吃五個的。」

葉紅袖見她猶猶豫豫，索性又刺激了她一把，說完就假裝要去咬那個饅頭。

瘋姑娘反應極快，趕在她把手縮回去之前把饅頭搶了過去，大口咀嚼吞嚥了起來。

「大哥，趕緊再去拿幾個饅頭過來，順便再倒兩杯水來。」

葉常青把饅頭和水都端進來以後，葉紅袖忍著瘋姑娘身上的惡臭，端著饅頭和水鑽到了桌子底下。
隨後又衝其他人使了個眼色，讓他們都出去。
連俊傑起身離開的時候，一直悶頭吃饅頭的瘋姑娘突然指著他叫了起來。
「你別走！別走！」
「為什麼就他不能走啊？」
葉紅袖定定看著她，想聽她的答案。
可瘋姑娘卻突然在這個時候低下頭，眉眼間閃過一抹嬌羞。
這下她更肯定自己心裡的猜想了。
她抬頭瞥了一眼站在原地、一頭霧水的連俊傑。
「他不走。妳看妳都餓了在吃飯，他不也一樣要吃飯嗎？他先出去吃飯，等吃完了，咱們再出去好嗎？」
「可……」
瘋姑娘抬頭，望著連俊傑的眼裡滿是戀戀不捨。
「我不會走的。」
連俊傑很不喜歡她眼裡明目張膽的愛戀，可念在她神智不清的分上，還是冷聲回了她一句，說完就轉身走了。
瘋姑娘雖然瘋，但心思敏感，察覺到他的冰冷，眼神瞬間黯淡了下來。

葉紅袖陪瘋姑娘在桌子下吃饅頭。

她倒是吃得歡，一個白麵饅頭不用三五口便就著水吞下去了，可憐自己，差點被她身上的惡臭味熏得早飯都要吐出來。

等瘋姑娘吃完了最後一口饅頭後，葉紅袖拉著她想從桌子底下鑽出來，可她卻一把掙脫，說什麼都不肯。

「死了！出去會死！全都死了！都燒死了！」她望著葉紅袖的眼裡再次充滿驚恐。

「外面沒有壞人，妳要再不出來，連大哥可就走了，到時妳就見不到他了。」

葉紅袖並未急著問她口中的死了、全都燒死了是怎麼回事，而是用連俊傑要走的藉口引誘她從桌子底下出來。

她身上的味道實在太難聞了，葉紅袖怕自己多待一刻就要吐了，當務之急先把她引出來，把身上洗乾淨才是。

瘋姑娘好像沒料到葉紅袖會突然這樣說，望著她愣住了。

葉紅袖知道這個理由有作用了，便繼續開口。

「妳看都這麼晚了，妳要一直不出來，他等不及可就回家去睡覺了！唉呀，妳聽，好像是連大哥要走的聲音。」

她話音剛落，瘋姑娘就從桌子底下鑽了出來。

葉紅袖被她這麼迫不及待的動作給逗笑了，但同時心裡也閃過一絲酸味。

自己的心上人對別的姑娘這麼重要，就是她再大方也做不到一點都不吃味啊！

瘋姑娘跟著葉紅袖出去，見連俊傑還在，頓時放心了。

可她一看到桌上點著的油燈，頓時情緒又激動了起來。

「火、火！燒死人！會燒死人的！」

說完，就要朝油燈衝去，葉紅袖急忙將她拽住。

「不會的，這個火不會傷著人的！」

「火、火！燒死人！會燒死人的！」

可瘋姑娘沒理會葉紅袖的解釋，仍舊激動不已，奮力掙扎著還要朝桌子奔去。

她力氣很大，葉紅袖幾乎都要控制不住了，連俊傑見狀，正要過來幫忙，但沒想到的是，葉紅袖突然回頭搶先把油燈吹滅了。

屋裡頓時漆黑不見五指，也一下子安靜了下來。

「妳看，沒燈了，妳就看不到連大哥了，他走了，妳都不知道。」

黑暗中傳來了葉紅袖的聲音。

「火會傷人，但也會幫人，妳別怕，我們都在這裡，不會讓火傷害妳的。」

好一會兒後，葉紅袖的聲音再次響起。

瘋姑娘雖然沒說話，但和她扭在一起的葉紅袖明顯感覺到她身體放鬆了。

將她鬆開後，她又重新把油燈給點上了。

瘋姑娘是真怕連俊傑已經走了，燈一亮，立刻在屋裡尋找那張讓她覺得安心又熟悉的面孔。

她一臉歡喜，正要朝他跑去，卻又被葉紅袖伸手攔住了。

瘋姑娘瞪著她，臉上帶著怒意，覺得她總是在壞自己的好事。

「妳要不要洗洗？連大哥最不喜歡難聞的味道了。」

葉紅袖邊說邊指了連俊傑，隨後又用手搧了搧鼻子，意思很明顯。

看到葉紅袖一再拿自己當誘餌，連俊傑的臉黑得比夜色還濃。

小丫頭還真是大方啊！可他又不能反對，知道她這是為大局著想，只是心裡不得意極了。

「我……」

「洗洗吧！讓連大哥給妳打水，咱們把身上洗得香香的，到時大夥兒都喜歡妳。」

葉紅袖原本想說到時連大哥會喜歡的，可一看到連俊傑的黑臉，同時自己心裡的酸味也更濃了，便改口說是大夥兒。

瘋姑娘起先還不願，自己身上的味道早就習慣了，並不覺得難聞。

可一抬頭，對上了連俊傑越蹙越緊的眉頭，又看到他越來越沈的臉，以為他是因為厭惡自己身上的味道才會這副表情，便急忙點點頭。

「你們趕緊去燒水吧！」

葉紅袖拽著回頭看著連俊傑依依不捨的瘋姑娘，朝家裡的淨房走去。

沒多久，葉常青就提了熱水進來，在屋裡等著的瘋姑娘，一見進來的人不是連俊傑，臉立刻垮了。

「他在廚房燒水，忙得很。」

葉常青被她幾乎皺成了苦瓜的臉逗笑了。

葉紅袖足足給她搓洗了五遍，直搓得雙手發抖，完全使不上勁了，才將她身上的污垢洗乾淨。

原本雞窩一樣的頭髮，也被幫忙的葉氏用木梳梳理順了。

「紅袖，她頭這裡摸著怎麼不對勁呢？」

第七十六章

葉氏衝女兒指了指瘋姑娘的後腦勺。

她在那裡摸到了一塊特別柔軟的凸起，剛剛給瘋姑娘梳頭的時候，她也注意到，這裡只要她稍稍一用力，她就會疼得嗷嗷叫。

葉紅袖仔細扒開她的頭髮，卻在頭髮下發現了一個一寸長的傷口。

「她這裡受過傷，裡面是瘀血，這個傷口看起來有幾年了。」

「哎喲，真是可憐，也不知道她這些年都遭了什麼罪。」

葉氏有女兒，看到瘋姑娘和自己女兒年紀一般大，忍不住動了惻隱之心。

「紅袖，妳能把她治好嗎？」

葉氏希望紅袖能像治好楊五嬸一樣把這個瘋姑娘治好。

楊五嬸最近又好了許多，說話不再斷斷續續，也慢慢有了條理，村子裡的人也都認得三分之二了。

「她的病情比五嬸的要複雜很多，我不敢說有十足把握。」

剛剛給瘋姑娘搓洗身子的時候，她乘機給她把了脈，也摸了她身上好幾處重要穴位，發現這些穴位都有瘀堵的情況。

這些穴位是人體最重要的，要是施針精準是能治好的，但要是有一點的差池，後果沒人敢擔保。

「等有機會我去問問東家吧！他肯定有辦法。」

對拓跋浚，葉紅袖是很有信心的。

洗乾淨了的瘋姑娘穿上乾淨衣裳後，細看還是有幾分清秀的。

「我叫紅袖，屋外的妹妹叫覓兒，妳叫什麼？總不能讓連大哥喊妳喂吧！」

葉紅袖邊幫她擦頭髮邊引誘她開口。

她現在敢萬分肯定這姑娘就是和峴村村長的女兒了。

「櫻桃。」瘋姑娘回頭，笑著衝她開口。

葉紅袖發現她笑起來還挺好看的，有兩顆小小尖尖的虎牙。

屋外的眾人都在等著，見她們出來了，目光都投了過來。

楊月紅也來了，她和葉常青就坐在桌旁，靠著油燈。為了能看得更清楚，楊月紅還特地把油燈給挑亮了一些。

「櫻桃，這個是月紅姊，妳認得嗎？」

楊月紅被她嚇到過好幾次，葉紅袖覺得她應該多多少少有些印象的。

櫻桃只瞥了楊月紅一眼，便迫不及待朝連俊傑走了過去。

「她是櫻桃，你不會說你一點印象都沒有吧？」

葉紅袖跟在她身後，酸不溜丟地開了口。櫻桃長得這麼可愛，她不相信他會不記得。

看到葉紅袖低著頭，悶悶不樂的樣子，原本打算等她們出來後立馬就走的連俊傑突然改了主意，忍不住笑道：「有印象。」

他一眼就看出小丫頭吃醋了，這可是他回來這麼長時間的頭一次啊。

他想念小時候的她因為自己一句說櫻桃長得比她好看，她吃味生氣，一個月不理自己的情形。

「那你們好好敘敘舊吧。」

葉紅袖原以為他會說沒印象的，沒想到竟然記得，已經酸澀的心更是酸得厲害了，說完這句轉身就要走。

聽到連俊傑說對自己有印象，櫻桃看著他的眼睛更亮了，臉上還閃過一抹驚喜。

「我……」

「時間不早了，妳肯定累了，趕緊去休息吧！我明天再過來。」

她剛欲說話，連俊傑卻率先開了口，低沈的聲音裡帶著一絲勸哄味道。

櫻桃臉上的驚喜更甚了，急忙衝他乖乖點頭。

可這個時候，連俊傑壓根兒就沒看她，視線定定地落在葉紅袖越來越難看的小臉上。

在櫻桃轉身進屋之際，連俊傑一把拽著正在醋缸裡翻湧的葉紅袖出了門。

一出院子，葉紅袖就將他牽著自己的大掌甩開了。

「你拽我出來做什麼？你還是早點回去歇著，明兒早點來吧！她還等著你敘舊呢！」

葉紅袖知道自己這個時候吃味，完全是在無理取鬧，可她壓根兒控制不了自己，酸不溜丟的話一張口就蹦了出來，說完仍是氣呼呼地瞪著他，也不管夜色這麼濃，他能不能看到。

連俊傑笑了，臉上的笑意是前所未有的濃。

「我也回去睡了。」

看到他笑得這麼開心，葉紅袖更來氣了，轉身就要回去。

誰知道剛轉身就被他一把摟住了腰。

她還沒反應過來，就整個人被他抱進了馬車裡。

狹小的馬車裡，連俊傑將葉紅袖緊緊壓在自己的身下。

「小丫頭，妳知道妳現在這個樣子，多惹我喜歡嗎？」

說完，清涼的唇直接覆在了她嫣紅的小嘴上。

葉紅袖被他親得差點喘不過氣來，小身板更被他壓得直哼哼。

看到身下的人兒發出如貓兒一般的嚶嚀，連俊傑差點沒把持住，但怕會嚇著她，最後還是生生地忍住了。

「先留著，等成親了，定讓妳加倍奉還。」

「明天你還是與她多聊聊吧！她記得你的話，應該也記得很多當年的事，咱們知道得越多，就越能清楚這面具之人的身分了。」

從馬車裡鑽出來後，葉紅袖提醒了連俊傑一句。她是吃味，可這個時候正事更重要。

只是葉家人想得很好，以為瘋姑娘應該能說出更多關於當年和峴村滅村的事，可她來來回回從嘴裡蹦出的只有死了、都死了、全都死了，還有來了、他們來了這幾句話。

葉紅袖也試過給她施針，可是一點作用也沒有，藥也灌了不少，她臉色倒是一天紅潤過一天，但其餘的卻是一點都沒有。

她整天樂呵呵地跟在連俊傑的身後，成了他的跟屁蟲。

這天，葉家院子裡，金寶和阮覓兒坐在門檻前。

捧著臉的金寶率先開了口。「我不喜歡這個瘋姑姑。」

院子裡，連俊傑正在幫葉紅袖整理從山上挑下來的藥材，櫻桃一直巴巴地跟在他的身後。

這時，海景軒已經開始換膚，這中間需要大量的藥水藥膏，葉紅袖的工作也加重了很多。

這幾天，葉家人幾乎都在忙這件事。

「可她很可憐啊！咱們得對她好些。」

阮覓兒這幾天日夜都和櫻桃在一起，有了些感情，只覺得瘋瘋傻傻的她挺可憐的。

「可我就是不喜歡她！」金寶的小眉頭蹙得很緊，一臉的悶悶不樂。

在他看來，櫻桃是橫插進來的第三者。

因為她是瘋的，爹拿她沒辦法，紅袖姨也拿她沒辦法，她好像更肆無忌憚了一樣。

「那不喜歡她也沒辦法啊！她知道很多咱們不知道的事，得慢慢從她口中把她知道的事都套出來才行，二哥說她現在是最關鍵的線索。」

阮覓兒知道這瘋姑娘的重要性。

「團子圓子，去把她趕走，不要讓她靠著爹。」

金寶是越看櫻桃越不喜歡，最後拍了拍蹲在他們旁邊的團子圓子。

他沒以為團子圓子會乖乖聽話，畢竟以前他也發號施令過，但兩個小畜牲蹲在原地，動都不動彈一下。

當時他的小臉全都丟盡了，還把二妮給笑壞了。

但這次沒想到他剛拍完牠倆的小腦袋，牠們就咻的一聲躥出去了，而且直奔向跟在連俊傑身後的櫻桃。

櫻桃猝不及防被嚇得嗷嗷叫，還滿院子地跑了起來。

雖然團子圓子是家養的狼，並不會真的傷人，但櫻桃在山裡被野狼追過，心裡對眼冒綠光的狼都有了陰影，最後被嚇得躲進了雜物房裡，無論旁人怎麼敲門都不開門。

金寶被逗得哈哈大笑了起來，卻在這時感受到了一道凜冽的寒光朝自己射了過來。

他回頭，對上了連俊傑的眸子，嚇得小身板一激靈，臉色都白了。

這可不是正人君子該做的事，完了，自己又得受罰了。

金寶起身，想去跟爹爹領罪受罰，沒想到他的屁股剛從門檻上抬起，就看到連俊傑衝他豎了個大拇指。

金寶起先沒反應過來，隨後笑得更開心了。

看樣子，他爹爹也被纏怕了啊！

院子裡的人見到這一幕，都哈哈笑了起來。

正笑著，門口突然駛來了一輛馬車，車子都沒停穩就看到滿頭大汗、臉色煞白的海家小廝從車上跳了下來。

「葉姑娘，趕緊去看看我們大少爺吧！出事了！」

「什麼事？」

「少爺的傷口潰爛了！」

「潰爛？」

葉紅袖一臉不可置信地看著一臉驚惶、沒有血色的趕馬小廝。

「嗯，前幾天還好好的，瞧著一點事都沒有，可今早一起床卻發現大少爺身上的傷口有至少一半潰爛化膿了，大少爺現在疼得喊都喊不出來。」

想起海景軒現在躺在床上的痛苦模樣，小廝心疼得厲害。

他跟在海景軒身邊多年，兩人雖然名為主僕，但感情已經勝似親兄弟了。

「可是，不可能啊！我在家裡先前拿兔子試過的，根本不會潰爛化膿的。」

對換膚的事，葉紅袖一直沒有十足把握，所以在給海景軒動手之前，她已經拿養在家裡的野兔子試過手，見沒什麼異樣才動手的。

「我也不知道為什麼會這樣，妳還是到了先看看再說吧！」

對葉紅袖的醫術，小廝倒未質疑過。

趕到海家的時候，海老爺臉色很難看，葉紅袖朝他走過去的時候，他眼裡還閃過一抹濃濃的失望。

「我先進去看看。」

葉紅袖沒廢話，海老爺也沒說話，跟著她一道進了海景軒的房間。

她走到床邊，海景軒的脈搏已經微弱到幾乎要摸不到了，眼睛也在半閉半合之間。

她掀開蓋在海景軒身上的紗布，那些已經化膿流血的傷口慘不忍睹，讓人不敢直視。

「怎麼會這樣？我昨天來的時候，傷口都還是好的，你們是不是沒遵照我的醫囑去做？」

葉紅袖並不懷疑是自己哪裡出了錯。

「沒有，我們一步一步都是按妳交代的那樣做的，一點差池都沒有，可大少爺就是變成這樣了。」

丫鬟搖頭。

海景軒的傷口突然惡化成這樣，看樣子還堅持不住，葉紅袖沒辦法，只能讓小廝趕緊去濟世堂把拓跋浚找來。

拓跋浚在屋子裡一出現，頓時驚豔了所有人，就連見慣了世面的海老爺都盯著他愣神了好一會兒。

拓跋浚並未理會那些落在自己身上的詫異目光，直接走到了床邊。

他蹙眉看了一眼床上的海景軒，隨後摸了一下他的頸子，最後才伸手把蓋在他身上的紗布掀開了。

一看到那些潰爛化膿的傷口，他的眉頭蹙得更緊了。

「銀針！」

他伸手，葉紅袖會意，急忙把藥箱裡的銀針拿出來遞給他。

銀針一挑，那些潰爛化膿的傷口就變黑了。

「有人下毒。」

拓跋浚這話一說，房裡頓時猶如炸鍋了一般。

「下毒？怎麼可能?!」海老爺瞪大了眼睛。

「對啊，咱們這些人可都是少爺身邊最能信得過的！」

「不可能，肯定是搞錯了！」

房裡的下人也不相信拓跋浚的話。

他們都是跟在海景軒身邊伺候了好些年的忠僕，不相信有人能做出下毒這麼惡毒的事情來。

「海老爺放心，景軒公子的病況雖然嚴重，但好在發現得及時，在下只要三天就能讓他病情好轉，並且不用半個月就能讓他換膚，恢復到從前的容貌。」

直到拓跋浚說了這話，海老爺才反應過來。

「你說的可是真的？」

三天病情好轉，半個月恢復從前的容貌，這聽起來就好像是傳說啊！海老爺想相信都不敢相信。

「當然。」拓跋浚微微點了點頭。「不過現在的當務之急是把這個下毒之人找出來，不然我就是再世華佗，公子也禁不起這麼折騰。」

說完，他冷眼看向那些仍舊朝自己投來驚豔目光的海家下人，幽冷的眸子在人群中搜索了一會兒後，最後定在一張越來越蒼白的臉上。

「你——」他伸手指向了那人。

「什麼？」

眾人循著他指的方向看了過去，最後，視線都落在了海家管事身上。

「你、你指著我幹什麼?!」管事的臉色越來越難看。

「你幹了什麼，心裡應該最清楚。」

拓跋浚沒直說，反倒淡淡地問了他一句。

剛剛進來的時候，他從這管事的身邊路過，就在他身上聞到了一股奇異的味道。那股味道很淡很淡，鼻子不靈敏的人壓根兒就不會有所察覺。

「我、我不知道你在說什麼！」

管事叫得很大聲，可眼睛卻根本不敢再看拓跋浚。

他覺得拓跋浚眼睛裡就像是藏著一條毒蛇一般，讓人壓根兒不敢直視。

「不知道？沒關係，一會兒所有人都會知道你做了什麼。」拓跋浚忽然笑了。

他直接朝管事走了過去，將他從人群中拎了出來。

「你、你要幹什麼？」

管事的臉上閃過一抹驚恐，話才剛說完，眉心就被他扎了一根銀針。

隨後，劇烈的疼痛遍布全身，四肢百骸就像是被極大的力道拉扯著，像是要將他整個人撕扯成碎片一樣。

「啊──啊──疼──」

他滿臉驚恐地叫著，雙手不停地在身上傳來痛感的地方摸著。

「這……」

海老爺也被嚇到了，沒想到拓跋浚會這樣做。

「海老爺儘管放心，等會兒你想知道的，他全都會招出來。」

拓跋浚對海老爺解釋了一句，衝他指了指旁邊的椅子，示意他坐下慢慢等。

海老爺雖然心裡惴惴的，但也想知道管事到底會說些什麼，便真的坐下了。

約莫過了一盞茶的功夫，直到渾身都濕透的管事躺在地上連抽搐的力氣都沒了，拓跋淩才到他面前，把他眉心的銀針取了下來。

「說吧，是誰指使你下毒的，敢說一個字的假話，這個便送給你。」

拓跋淩在管事的面前晃了晃他手上另一根更粗更長的銀針。

「我、我說！我說！」

像是在鬼門關前走了一遭，差點沒出得來的管事急忙開口。「是、是夫人和二少爺讓我這麼做的！火是我找人放的，毒也是我趁人不注意下在水裡的……老爺、老爺，我這麼做都是為了自保啊！我要不這樣做，夫人和二少爺就會要我的性命，我不敢不做啊！」

指出了幕後黑手後，管事爬到海老爺的面前，開始聲淚俱下地哭訴了起來。

「幾個月前我閒來無事會去賭坊賭兩把，最開始運氣很好，總能贏些喝酒吃茶的酒錢；可今年不知道怎麼了，一直都輸，輸了我就在賭場裡找人借印子錢，利滾利地就欠了八百多兩……」

管事口中的八百多兩讓在場所有人都倒吸了一口氣。

「我還不起，那夥人便抓了我，當場就要取我的性命。好在這個時候夫人和二少爺出現幫了我，當場幫我還了這些賭債。可我沒想到，他們比那些放印子錢的還要狠，竟然拿著我簽字畫押的欠條威脅我，讓我害大少爺……我害怕，不敢幹，可沒想到第二天，那幫放印子錢的又找到我，還把我的腿打斷了一條。之前我斷了腿，騙你們說是摔傷的，其實是被他們打斷的……」

管事一邊說一邊抹淚。

「他們還說，我要不乖乖聽話，下一個斷腿的就是我老子。我爹一大把年紀，禁不得折騰啊！沒辦法，我就只能聽命於夫人和二少爺……」

管事的話都沒完，身上就吃了好幾腳。

海老爺在他身上踹了一腳又一腳，可無論踹得有多狠、有多用力，都無法紓解他心中的怒氣和怨氣。

他花了半盞茶的時間處置管事，隨後朝拓跋浚走了過去。

「大夫，你剛剛說我兒還能恢復樣貌，可是真的？」

他還是不敢相信拓跋浚能在三天之內把海景軒治好，半個月就能讓他恢復容貌的話。

「當然。」拓跋浚看了他一眼，走到了海景軒的身邊。

這次，葉紅袖是真的大開眼界了。

兩隻銀針扎下去，眼睛都要睜不開的海景軒便睜開了眼，呼吸也跟著順暢了起來。

剛剛躺在床上痛苦掙扎的他，這會兒看起來倒像是一副剛剛睡醒的樣子。

「無關人等都下去吧！妳給我打下手。」

拓跋浚指了指葉紅袖，葉紅袖點頭，急忙挽了袖子來幫忙。

兩個時辰後，海景軒身上潰爛化膿的傷口全都清洗乾淨，搽上藥膏，重新包紮上了。

「這是我親自調製的藥膏，妳拿著，不可假手於他人了。」

拓跋浚把手裡的藥膏遞給一旁的丫鬟。丫鬟連連點頭。

「還有，明天那個藥水澡還得泡，妳讓他做個準備，這次因為傷口惡化過，到時會更痛苦，不過我會親自來的。」

「謝謝你……」海景軒虛弱地開口。

不僅謝他救了自己，給了自己希望，也謝謝他今天在這麼短的時間內幫自己把元凶給揪了出來。

「不必謝我，你要謝的是葉家人，若不是他們，我拓跋浚不可能會出手的。」

拓跋浚看了站在旁邊的葉紅袖一眼，眸子裡閃過一抹微不可察的愧疚。

「謝我？為什麼？」

葉紅袖沒明白他話裡的意思，但拓跋浚只衝她笑了笑，沒開口。

葉紅袖還想追問，但海老爺這個時候走了過來，拉著他開始問起海景軒的傷情。

第七十七章

拓跋浚真的說到做到，只三天就讓海景軒能下床走路了，手腳靈活得和正常人一樣。海老爺這下更信服他了，時時刻刻拿他當座上賓款待。

半個月後，渾身纏滿了繃帶的海景軒被牽著來到了一個人高的銅鏡前。

五天前，他泡了最後一次藥浴，拓跋浚又拿了一堆顏色泛黃、泡過特殊藥水的紗布給他纏上。

這五天，海景軒深刻體會到了什麼叫生不如死，什麼叫撕心裂肺，什麼叫肝腸寸斷。好幾次，他被身上的痛楚折磨得直接昏死了過去，每一次他都以為自己會醒不過來。

葉紅袖拆紗布的時候，激動得手都在顫抖。

纏在身上的紗布被一層又一層地慢慢拆開，海景軒激動得連呼吸都變得小心翼翼了。

他閉著眼睛，不敢直視面前的銅鏡，就怕心裡所有的美好想像在見到鏡子裡那猙獰的景象之後，頃刻間會破成碎片。

身後，突然傳來一個輕輕的啜泣聲。

他回頭，見爹不知何時竟已淚流滿面。

他的心緊了一下，閃過一個不祥的預感，急忙回頭，卻在銅鏡裡見到了那張最熟悉不過的英俊面孔。

「我恢復原貌了……」

他激動得全身顫抖，眼眶都紅了。

海老爺拉著拓跋淩，不知道該說什麼表達自己的感激之情。

葉紅袖更是徹底被拓跋淩的醫術給折服了。

從海家出來後，葉紅袖湊到拓跋淩的面前，想開口又不知道該如何開口。

拓跋淩的唇畔浮起一抹細碎的笑意。「有話但說無妨。」

「我能請你幫個忙嗎？」

葉紅袖開口的時候，回頭看了一眼身後的馬車。

馬車裡塞得滿滿的，那都是海老爺為表示感謝而送的好東西，價值不菲。

拓跋淩挑眉笑問：「怎麼？想分一半？」

「不、不，治好大少爺這都是你的功勞，我怎麼能要？」

葉紅袖很鬱悶，怎麼自己在他眼裡就這麼市儈嗎？

「那是什麼？」

拓跋淩定定看著她，臉上的笑意更濃了。

那人說過，自己女兒是這個世上最可愛的人。

他以前是不信的，如今和她打了些交道，這話倒是不假。

「我們家有個病人，我實在拿她沒辦法，你能不能看在咱倆的交情上去看看她？」

葉紅袖是真的不好意思開口。

這海家給的診金實在太多了，紀元參以前也和她說過，說東家是從不輕易出手的，而自家可拿不出這麼多的錢來，只能暗戳戳地開口，讓他看在交情上出手。

「我們的交情很深、很好嗎？」拓跋浚反問。

「……」

葉紅袖無語了。

他這麼問難道是在他心裡，他們壓根兒就算不得有交情嗎？

她的臉上火辣辣地疼著，像是被人甩了幾個巴掌一樣。

「那……算了！」

許久，她尷尬地說了一聲。

看到她尷尬成這副樣子，拓跋浚忍不住噗哧一聲笑了出來。

「我算是知道為何妳的連大哥會這麼緊張妳了。」

他掉轉車頭，朝赤門村的方向駛了去。

「嗯？」葉紅袖一臉疑惑地看向他。

「我要不去，妳不得說我這個東家一點人情味都沒有，往後妳還怎麼好好在我手下做事？」

拓跋浚笑得更厲害了。

葉紅袖被他逗弄得都有些不想理他了，可儘管心裡不願意，她還是和他有一搭沒一搭地聊著。回去的路很長，不能兩人坐在車上乾瞪眼。

「你的醫術是和誰學的？你那個故友嗎？」

他的醫術是真的讓她心服口服。

海景軒傷成那個樣子，就是在現代社會用高科技儀器都無法保證能讓他恢復到從前的樣貌，可他輕而易舉地做到了。

「不是。」

原本一直看著前面趕車的拓跋浚，回頭看了一眼坐在旁邊的葉紅袖。

其實細看，她和那個人還挺像的。

「不是？」葉紅袖有些驚訝。

朝她看過去的時候，他急忙移開了自己的目光。但葉紅袖還是迅速在他眼裡捕捉到一抹愧疚。

「他是我的救命恩人，開濟世堂是因為這一直都是他的夢想，至於我的醫術是跟一個世外高人學的。」

「世外高人？是不是白鬍子白眉毛白頭髮的那種？」

相比他的救命恩人，葉紅袖更對這個世外高人感興趣。

「不是，是黑皮黑臉又瘦瘦小小的一個小老頭。」

「啊？」

這反差可真不是一般的大，葉紅袖都有些接受不了。

「他因為長年拿自己的身子試藥才會這樣，旁人都說他是醫癡，這不是什麼褒揚的好詞，只是單純的譏諷。」

說起自己的師傅，拓跋淩的臉上並沒有太多的表情變化，和說起那個恩人時完全不同。

葉紅袖看他的樣子，好像師徒關係挺不好似的。但這終歸是人家的私事，她也不好追問太多。

只是當她從馬車上跳下來，不小心崴了腳還被拓跋淩扶了一下後，她感覺到自己頭頂上的那一小塊天空立馬烏雲密布了。

她急忙伸手把拓跋淩放在自己身上的大掌推開，然後以最快的速度衝到連俊傑的面前。

「我不是故意的，他也只是好心。」

葉紅袖真怕他會遷怒拓跋淩。

他吃醋，她固然開心，知道自己在他心目中的地位有多重要，可這時不時就打翻陳年醋缸子，也沒誰能受得了啊！

葉紅袖這樣說，連俊傑反而無話可說了。

他要不好心，紅袖有可能會摔跤，那自己得更心疼。

「櫻桃的事，妳告訴他了？」拓跋浚過來的目的除了這個，他想不到其他的。

「櫻桃的病情太嚴重，我只能找東家幫忙。可惜你今天沒去海家，海大公子的容貌真的恢復得和從前一模一樣，臉上身上一個疤痕都沒有。」

這兩天，因為他和大哥葉常青要上山找那些面具人的線索，所以沒空和她一道去海家。

看到葉紅袖眼裡閃爍的欽佩之意，連俊傑的眉頭又蹙緊了一些。

「他是我的東家，怎麼說也不算是外人，櫻桃的病讓他看看吧！早點把她治好了，咱們也早些知道當年的事，她也不會這樣時時刻刻纏著你不放，不是嗎？」

葉紅袖說完，回頭朝屋裡看了一下。

雜物房前，團子圓子就在那裡守著。現在要想讓櫻桃消停、不纏著連俊傑，就只有這個法子了。

看到自己的小青梅也吃了自己的醋，連俊傑的心情才稍稍好了一些。

「喲，這位是？」

從旁邊醫館裡出來的葉氏，一臉震驚地看著站在自家院門口的男人。她活這麼大把年紀，還從來就沒有見過長得這麼好看的男人。

「娘，他是——」

「我知道、我知道，他是濟世堂的東家！」

跟在葉氏身後出來的阮覓兒迫不及待地開了口，然後一個箭步衝到了拓跋浚的面前，歪著腦袋細細打量著他。

「三姊說東家是這個世上最好看的男人，這話果然一點都不假，你長得可真好啊！」

她黑白分明的大眼睛笑咪咪地盯著他那張猶如妖孽一般的臉。

「覓兒，該練字了。」葉黎剛的聲音突然從屋裡傳了出來。

「不嘛，我要多看看這個長得好看的東家先生。」

阮覓兒賴在原地不肯動。

說自己好看，這樣的話不管是男女老少說沒人會不喜歡，尤其還被一個長得粉粉嫩嫩的小姑娘說，拓跋浚難得地開心了。

他伸手從身後的馬車上掏出一個小食盒，遞給她。

「給我的？」阮覓兒指了指自己，笑得更開心了。

「嗯。」拓跋浚點了點頭。

「東家先生，你還沒娶親吧！」

阮覓兒邊問邊迫不及待地打開食盒，裡頭裝的是很精緻的小甜點。

「還沒。」

「那你能晚點娶親嗎？再等個幾年，等我——」

「覓兒！」

隨著一聲暴怒響起，黑著臉的葉黎剛如一陣風般地從屋子裡衝出來。

「幹……幹什麼？」

阮覓兒被他的樣子給嚇得連連後退了好幾步。但隨後，她踮起腳尖，把手裡一塊粉色糕點塞進他的嘴裡。

「二哥，請你吃。」

軟綿的味道在口中化開，葉黎剛心裡所有的怒氣頓時消失殆盡了。

「該去練字了。」

他一把牽過她的小手，將她拽進了屋裡。

進屋的時候，阮覓兒回頭朝拓跋浚笑了笑，還用口形對他說了聲謝謝。

「我去把櫻桃喊出來。」葉紅袖也急忙轉身，跟了進去。「櫻桃、櫻桃！」

「不、不出去！有狼！吃人！綠眼睛！」

屋裡傳來櫻桃害怕到結結巴巴的聲音。

「牠們都走了，妳趕緊出來吧！再不出來，連大哥可就走了！」

葉紅袖怕她不聽勸，只能又拿連俊傑當誘餌。

屋外，連俊傑的額角抽了抽。這個丫頭要大方也不看看場合。

他抬起眼角看了拓跋浚一眼，見他臉上的笑意更濃了，越發覺得他的笑容裡有些意味不明的意思。

用連俊傑誘哄櫻桃是百試百靈的，一聽到連俊傑要走，櫻桃立刻迫不及待，打開門衝了出來。

她笑著衝到院子，見到那個讓她心裡踏實的寬厚背影還在，立刻就笑得和三歲的小孩子一樣。

「妳、妳騙人！在！還在呢！」

她歡喜地衝到連俊傑的面前，這才又注意到院門口站著另外一個男人。

她側頭看了一眼站在院門口的拓跋浚，可一對上拓跋浚那雙修長深邃的眸子後，立刻指著他大叫了起來。

「妖孽！妖孽！」

被指著鼻子罵是妖孽的拓跋浚，臉上的笑意頓時凝結了。

連俊傑不知道是不是自己看錯了，竟然在他的眸子裡看到一抹一閃而過的殺意，甚至注意到他袖子下慢慢攥緊的拳頭。

越來越濃的殺氣在院子裡升騰了起來，連俊傑的眸子也漸漸瞇了起來。

這樣的殺氣可不是常人身上隨便就能生出來的，這個拓跋浚果然不簡單。

「櫻桃，妳也覺得他好看得就像是個妖孽，對吧？」

從屋裡出來的葉紅袖笑著接了櫻桃的話。

可等她走到櫻桃的身邊，才發現她好像有些不對勁，她全身顫抖，看著拓跋浚的眼神滿是驚恐。

「這是怎麼了？」

「妳說要治病的是她？」拓跋浚指著櫻桃問。

「嗯，櫻桃別怕，他是大夫，他是給妳治病的，咱們讓他看看好嗎？等把病治好了，我和連大哥帶妳到處去玩，吃好吃的，玩好玩的，咱們去看皮影戲，喝酸梅湯，還吃豬腳麵。」

葉紅袖拍了拍櫻桃瑟瑟發抖的肩膀，輕聲誘哄著她朝拓跋浚走過去。

估計是她口中說的這些東西太有誘惑了，櫻桃真跟著她一點一點地朝拓跋浚走了過去。

她畏畏縮縮地把手伸到了拓跋浚的面前，可拓跋浚剛伸出手，她又再次大聲喊了起來。

「不要！妖孽、妖孽！他是妖孽！」

說完便轉身衝回屋裡，進了雜物房把門給關上了。

拓跋浚的手僵在半空中，臉色頗為難看。

「那個，真是對不起啊……她腦子受過重創，所以她說的話和反應，你別見怪。」

拓跋浚是大夫，也知道櫻桃有病，原本葉紅袖是用不著這樣特地解釋和道歉的，可現在的氣氛實在太尷尬了，拓跋浚的臉色又實在難看得緊，她不得已只能這樣解釋一句。

她以為拓跋浚好說話，也應該不會介意。

誰知道他臉色難看地轉過身，直接上了馬車，也沒理會葉紅袖就走了。

「這……」

這下輪到葉紅袖站在原地有些尷尬了。

「他有問題。」待拓跋浚的馬車走遠了以後，連俊傑開了口。

「什麼意思？」

葉紅袖朝連俊傑看去，不知道他口中的問題指的是什麼。

「我從未在一個陌生人的身上感受到過這麼濃烈的殺氣，剛剛櫻桃從裡面一出來，他的臉色就變了。」

連俊傑想起拓跋浚身上非比尋常的殺氣，更覺得此人深藏不露了。

「那不是櫻桃說他是妖孽嗎？哪個男人願意被一個姑娘指著鼻子說自己是妖孽啊？我不信要是櫻桃這樣指著你說，你會高興。」

這妖孽放在現代社會聽著還有些褒獎的意思，可放在古代，聽在常人的耳朵裡就不是什麼好詞了。

這個她是能理解的，更何況拓跋浚在她心目中是救死扶傷的大夫，身上只有神聖的光環，哪來什麼殺氣？

葉紅袖不信，連俊傑也沒解釋太多，待她轉身進屋了以後，他立刻朝後山去了。

「櫻桃、櫻桃，趕緊出來吧！連大哥要走了！」葉紅袖再次敲門。

「不要！妖孽……那個是妖孽！妖孽會吃人！死人了！死了很多很多的人！」

屋裡，櫻桃的聲音聽起來很激動。她這次也沒有因為聽到連俊傑要走而打開房門。

「他是大夫，是專門治病救人的，不會吃人，也沒有死人。」

葉紅袖貼在房門口很耐心地解釋著。

「不！死了！都死了！全都死了，都死了！爹死了，娘死了，姊姊妹妹都死了！全都死了！」

櫻桃的聲音聽著更激動了，隨後屋裡還傳來了嗚嗚咽咽的哭泣。

這下葉紅袖不敢再勸了，怕她情緒過於激動，不受控制，會在屋裡做出什麼傷害自己的事情來。

直到晚上，櫻桃才被葉氏端了等在房門口的紅燒肉給誘惑出來。

躲在屋裡一整天，什麼都沒有吃，自然是餓壞了。飯桌上，她埋頭扒拉米飯，紅燒肉吃了一塊又一塊，滿嘴都是油。

阮覓兒看她吃得實在香，就也跟著吧唧了兩下小嘴，但手裡的筷子卻始終沒挾向裝紅燒肉的碗。她前兒才說要跟著葉黎剛吃素的。

「吃吧！」

葉黎剛用自己的筷子挾了一塊最大的紅燒肉放進她碗裡，然後和她換了手裡的筷子。

小丫頭饞成這樣，他還真是於心不忍。

「謝謝二哥！」

笑咪咪地道了一聲謝後，她立馬埋頭扒拉起了自己碗裡的飯菜。

葉紅袖看到二哥的眉眼抑制不住地揚起笑意，便也忍不住生起了一抹要捉弄他的想法。
「覓兒，我們東家好看嗎？」
吃得小嘴油汪汪的阮覓兒抬頭。一提起這個東家，她的大眼睛瞬間亮了。
「當然好看啊！我還是第一次見男人長得這麼漂亮的！」
葉黎剛的臉則瞬間綳緊了。
葉紅袖看到二哥的臉色，忍著笑開口。
「那妳今天說讓他晚些娶親是什麼意思啊？難不成妳還想嫁給他當小媳婦兒不成？」
說完，她還伸手捏了捏她的小鼻子。
這個問題葉紅袖一問出口，就聽到清脆的喀嚓一聲。葉黎剛手裡的筷子斷了。
「二哥，怎麼了？」
阮覓兒回頭朝他看去，發現他的臉色難看得緊，比自己背錯了書都要難看。
「沒事！」
葉黎剛幾乎是咬牙切齒地從口中蹦出了這兩個字，他知道妹妹是有意逗弄自己。
「覓兒，我問妳呢，妳是不是想嫁給我們東家啊？」
葉紅袖繼續追問，刻意忽略二哥落在自己身上猶如冷箭一般的眼神。
「我才不要嫁給他呢！我娘說過，長得太好看的男人守不住。」
誰知道，阮覓兒的答案和葉紅袖預想的完全不一樣。

「那妳說什麼等個幾年，等妳……」
「唉呀，我說的等個幾年，是等我在京城的表姊長大了，到時介紹給他。我表姊可是京城裡的第一美人兒，就是脾氣有些不大好。但她那人最喜歡的就是好看的人，我瞧這個東家先生長得這麼好看，我表姊看了喜歡，脾氣應該能好些的。」
「這……」
「嗯，覓兒乖，多吃幾塊紅燒肉。」
葉黎剛笑了，用手上斷了的筷子往阮覓兒的碗裡多挾了好幾塊紅燒肉。
「不是，他是妖孽、是妖孽！會害人的！會害死人的！」
阮覓兒剛咬了一口碗裡的紅燒肉，坐她旁邊的櫻桃又情緒激動地叫了起來。
「妳看吧，連櫻桃都知道他長這麼好看會害死人，我才不要嫁這樣的人呢！」
「不是，他是妖孽、是妖孽！他害死人！真的害死了人！死了的！都死了的！」
葉紅袖看櫻桃的神情不對，急忙放下手裡的碗筷，起身走到她身邊。
「櫻桃，害死你們村人的不是面具人嗎？怎麼會是妖孽呢？」
「他、他、嗶……出來了好多鬼怪，殺人、放火……死了！全都死了！都死了、都死了！爹娘、姊姊妹妹都死了！」
櫻桃一臉驚恐地叫著，把碗筷一扔，又轉身衝進了雜物房裡，再次把房門關上了。
堂屋裡的葉紅袖和葉黎剛面面相覷，兩人的臉色都越來越難看。

這次，他們似乎聽明白櫻桃的話了。

「紅袖，妳還記不記得那天妳說過，東家說他會去救海大少爺，說是念在咱們葉家人的面子上。」

葉黎剛看向葉紅袖。

妹妹從海家回來後，他一直都在想這個問題，想來想去卻是怎麼都想不明白。

拓跋浚看起來對妹妹也沒什麼特殊的男女之情，和他們其他幾個兄妹更是沒打過交道，可他那樣說，聽著實在很可疑。

「這有什麼關係嗎？」

葉紅袖一下沒弄懂他的意思。

「濟世堂啊！濟世堂可一直都是爹生前最大的願望啊！」

葉黎剛這麼一說，葉紅袖瞬間也覺得這事不簡單了。

「走，去找俊傑！」

葉黎剛急忙起身，拉著妹妹出門。

第七十八章

葉紅袖和葉黎剛趕到連家的時候，被連家院子裡突然多出來的幾個陌生面孔給嚇到了。

他們聚在一起熱烈聊著，他們兄妹二人一出現在院門口便被人注意到了。

率先走過來的是一個滿臉絡腮鬍、皮膚黝黑的男人，好笑的是金寶正坐在他的肩膀上，抱著他的腦袋和他笑鬧。

「難不成這個姑娘就是……」

「對，她就是紅袖姨，是我爹的小青梅。」金寶搶先開了口。

他的話一說完，原本站在屋簷下的其餘幾個人也都走了過來，驚奇的目光不停上下打量著葉紅袖。

一下子被這麼多男人當貨物一般地盯著瞧，葉紅袖還真不自在。

好在連俊傑急忙在這個時候站了出來，擋在她前頭。

「看夠了嗎？」他惡狠狠地朝那幾個人瞪了一眼。

幾人急忙收回視線，嘿嘿笑著主動向葉紅袖自我介紹。

葉紅袖知道那個笑起來有酒窩的叫杜九，黑黑壯壯的小夥子叫小黑，憨憨厚厚、嘴角長了一顆痣的叫阿發，最後是扛著金寶的絡腮鬍，叫戚大力。

「你就是戚家軍的將軍？」葉紅袖一臉驚訝地看向他。

他雖然是長得不怎麼好看，一臉絡腮鬍、膚色黑，看著挺駭人的，但願意讓金寶騎在自己的肩膀上，自始至終都對自己笑咪咪的，看著不像是連俊傑說的那麼難相處，甚至是噁心啊。

葉紅袖一臉不可置信地打量自己的目光，還有眼裡閃過的錯愕，瞬間讓戚大力知道是怎麼回事了。

他很不滿地衝自己的好兄弟連俊傑翻了兩個白眼。

「我雖然姓戚，但並不是戚家軍領頭將軍，只是一名副將而已。我這個副將可真不是一般的可憐和沒骨氣啊！被將軍抹黑，不講衛生，喜歡格老子地罵人不說，還得乖乖聽他的話風雨兼程地趕來，真是造孽啊！」

說完，他又衝連俊傑翻了幾個白眼。

戚大力的話剛說完，葉紅袖和葉黎剛同時用震驚的目光看向連俊傑。

「你、你不是戚家軍裡跑腿送信的嗎?!」

葉紅袖問道，可等話都出口了，她才覺得自己有夠笨。

若真的只是個跑腿送信的，怎麼可能輕易就知道關在天牢裡大哥的消息，又怎麼可能知道京城裡的事情？

她早就想過，可怎麼都沒想到，他竟然是鼎鼎大名的戚家軍的領頭將軍！

「這些我以後再慢慢給你們解釋，先進去吧！」

連俊傑攬過她朝屋裡走去。

幾人在屋裡剛坐下，院門口又響起了一陣動靜。

是剛剛從家裡跑來的葉常青，他之前在楊家吃飯，回去聽了葉氏的話便立馬奔來。

一屋子的人也把他給嚇了一跳，但他這些天一直都跟連俊傑在一起，倒是知道這兩天會來人。

他將屋裡的人掃了一圈，最後目光落在了戚大力的身上，一個箭步向前，直接單膝跪在他面前。

「久仰大將軍的威名，葉常青願這輩子在大將軍的麾下效力，還希望大將軍成全。」

他這話一說完，屋裡的人頓時都哈哈大笑了起來。

葉常青被突然響起的哄堂大笑聲給嚇到了。

「怎……怎麼了？」他一頭霧水。

「這位葉兄弟，你就放心吧！你有這麼個好妹妹，不用怕戚家軍的大將軍不收你。」

戚大力笑著將葉常青扶起來。

可聽了他的話，葉常青更糊塗了。

「我妹妹和大將軍也不熟啊？怎麼你還怕她了？」

說完，他回頭看向葉紅袖，卻見葉紅袖也是笑得臉都紅了。

「大哥，他才是戚家軍的領頭將軍，我們都被他騙慘了！」葉黎剛拉著大哥在自己身邊坐下。

「啊?!」

砰——

太過震驚的消息嚇得葉常青一屁股從凳子上摔下，跌坐在地上。

這下屋裡的人笑得更厲害了。

「這個葉兄弟，我可告訴你，你這條命能留到現在，真得多謝你妹妹。麓湖戰役險勝後，皇上褒獎他，要給將軍賜婚，將皇上最疼愛的小公主賜給將軍。可這小子說自己早就有了心上人，非她不娶。皇上剛問出你妹妹的身分，刑部就傳來消息，說你被抓進了天牢，你是叛徒。他急了，立馬說願意拿自己的人頭擔保你不是叛徒。可無憑無據，就算他是戚家軍的大將軍，這話也難以服眾。為了找證據，他放下手上所有庶務，專心為你的案子明察暗訪了大半年，有線索查到你是被陷害的之後，他順藤摸瓜到了程天順這裡。但那一點線索還不足以讓刑部放了你，隨後他又馬不停蹄地趕回了臨水縣，給你洗清冤屈的同時，還能順帶回來娶自己心心念念的小青梅，一舉兩得。」

戚大力的話一說完，葉家兄妹的視線便都集中落在了連俊傑的身上。

葉紅袖突然明白了，為什麼那日在隔壁的房裡，他將自己壓在身下，嘶啞著聲音告訴自己，不知道他為自己做了多少事，也不知道他隱忍了多少。

想到眼前這個男人為自己付出了那麼多，葉紅袖的心一暖。
她悄悄地主動伸過手，牽住了他的大掌。
連俊傑笑了。他懂自己小青梅的意思。
「京城的叛徒已經揪出來了，是左相勾結浪啟國，順著左相那條線把地下的線一拉，全都出來了，程天順和毛喜旺就是他們的手下。」
戚大力把自己這些天在京城得到的消息全都說了出來。
「浪啟國？浪啟國前幾年不是幾位皇子為爭皇位，內訌得差點亡國嗎？怎麼這會兒和左相勾結上了？左相可不是糊塗之人。」
對於浪啟國的情況，連俊傑還是知道一些的。
「浪啟國前幾年是內訌得厲害，其中還有一位皇子被追殺，躲來了咱們中原，一度流離失所。但估計你怎麼都不會想到，最後護送那位皇子安全回到浪啟國，還暗中幫他奪得皇位的是誰。」
「左相？」
「正是！」
連俊傑能一下猜出這人是左相，戚大力也不奇怪，畢竟他的能力他是最清楚的。
「可是他為什麼這麼做？他是左相，在朝堂上已經是一人之下萬人之上了，為何要做這種賣國的事，這可是滅九族的大罪！」

葉黎剛雖然還未入官場，但權衡這些事情的利弊還是能的。這在他看來是怎麼都會害死家人、株連九族，自己卻得不到什麼好處的事情。

「因為這位皇子的娘親永和公主和左相曾是青梅竹馬的戀人，當年兩國邊境戰爭不斷，先皇為了停戰，就讓永和公主和親，隨後又給左相賜婚，娶了他最不喜歡的吳家小姐。永和公主嫁過去沒幾年就因為難產而死，這導致左相對拆散自己戀人，還強迫他另娶他人的先皇恨之入骨。還有一件事你肯定更想不到——」戚大力挑眉看向連俊傑。

「有話你就快講，你知道我最討厭婆婆媽媽的。」連俊傑不願與他廢話，板著臉讓他趕緊說。

「紅袖姑娘，管管妳家的！哪有用這種臉色和一起出生入死的兄弟講話的，小心以後我們不跟著他了。」

戚大力笑嘻嘻地看向葉紅袖，一副她不管他就不怕把事情鬧大的意思。

「那從現在開始，你這個副將的職位我給你撤了，改由葉常青頂上，這樣你可滿意了？」

戚大力以為自己終於抓住了自己這個閻羅將軍的軟肋，沒想到自己又被他給捏得死死的。

軍營的兄弟們誰不知道他這個副將職位是拚了性命坐上的，誰都願意跟著連俊傑做事，誰都想和他當拜把子的生死兄弟。也因為這樣，幾乎整個軍營的兄弟都對他這個副將的職位虎視眈眈。

他平常說話做事，那是一絲馬虎都不敢的。

「唉呀，說正事說正事！」

戚大力自討沒趣，急忙又把話題轉移到左相的身上去。

「左相早就病入膏肓了，他這兩年能硬撐著是因為在府裡養了一個世外高人，這人醫術極高，簡直有起死回生的醫術。我們去左相家抄家的時候，正逢他給人治病，那人都已經沒氣了，他兩三下就讓人又活過來，這可真不是一般的稀奇！」

「那個世外高人長什麼樣？」葉紅袖激動地起身追問。

她從海家出來的時候，拓跋淩說過他的師傅就是世外高人。聯想到前後的種種，她心裡突然有了越來越詭異的預感。

「黑黑瘦瘦的，看著不打眼極了，手指嘴唇都有些泛黑，當時在場懂醫術的人說他這是拿自己的身體試藥造成的。」

「糟了！」

「怎麼了？」屋裡的眾人齊刷刷地朝她看了過來。

「這人就是拓跋淩的師傅！」

「別多說了，趕緊回去！」

往回趕的時候，葉紅袖一直自責自己出來得太魯莽了，不該就那麼拋下娘、阮覓兒和櫻桃。

要是拓跋浚真的是和左相聯手的人，那不用說，程天順和毛喜旺肯定是他殺的！櫻桃知道凶手，甚至還認出了他，那她現在肯定凶多吉少……

但有一件事，葉紅袖卻怎麼也想不明白。

拓跋浚是怎麼和爹牽連上的？那當年親手把自己推下山的，是不是他呢？

因為一心琢磨這些問題，她往回跑的時候也沒注意腳下的石頭，被絆了一跤差點就摔了，還是牽著她的連俊傑反應快，攬住她的腰一用力，將她整個抱進了懷裡。

跑在他們旁邊的葉黎剛，臉色白得可怕。

一夥人趕到葉家時，葉家院子裡已經有好幾個黑衣人了。

兩夥人一碰面，立刻刀光劍影地廝殺了起來。

葉黎剛、葉紅袖顧不得這些在自己面前飛舞的寒光，以最快的速度衝進了屋子裡，在屋裡找到了趴在桌上、昏迷過去的阮覓兒和葉氏。

好在她們只是陷入昏迷，並沒有受傷和中毒的跡象。

但雜物房前，有三個蒙面人正在撞房門。

見到葉黎剛，那三人愣了下，其中兩個還急忙抽出了腰間的佩刀，正要舉起來朝他們兄妹砍去之時，卻被另一個黑衣人厲聲制止了。

葉紅袖直直看向那個發號施令的黑衣人。

他雖然穿著夜行衣，頭臉都罩住了，可她還是一眼就認出了他。

他那雙美得過分的眼睛，想要不被認出來都難。

「我是該叫你拓跋淩呢？還是叫你東家？」

拓跋淩像是早已知道她會認出自己一樣，倒也不吃驚，索性伸手把臉上的黑巾給扯了下來。

「又或者你還有其他我們不知道的名字和身分？」

「妳爹……一直叫我阿洵。」

「你果然和我爹認識！那我爹是不是你害死的？」

葉紅袖一個箭步上前，可才剛靠近他就被另外兩個黑衣人伸手攔住了。

「不是，妳爹的去世是意外，但也不是和我一點關係都沒有。」

拓跋淩很冷靜，儘管連俊傑這個時候已經領著戚大力等人進來了，他還是異常沈著。

「你說清楚，這到底是怎麼回事？你怎麼會認識我爹?!」

葉紅袖的心裡有太多太多的疑問，急需一件一件捋清楚。

「當年我被人追殺，逃到這裡，躲在牛鼻子深山，是妳爹救了我。他帶著我躲過追殺，給我吃的，幫我養傷。」

「既然我爹是你的救命恩人，為什麼你們要害和峴村的人？為什麼要殺我滅口？」

葉紅袖不信他的話，但爹會救人她是相信的。還有，若是他沒得爹的救命之恩，不可能會開濟世堂，也不可能會對自己這麼好。

「和峴村的人不是我們害的。」

「不可能！櫻桃都認出你是壞人了，我也記得你們當初在山上說的話和和峴村有關！」

「害和峴村得瘟疫的是我師傅。」

「你師傅？」

這裡突然又蹦出了他的師傅，還是和和峴村有關的，葉紅袖不敢相信自己的耳朵，更不相信他說的話。

「他喜歡拿人試藥，和峴村當年的那場瘟疫，便是村子裡的人因為錢願意給他當試藥人，病情一發不可收拾才釀成的。至於我師傅，他當晚就跑了。沒有辦法之下，我只好帶人包圍村莊不讓人出來，準備屠村。我們商討計劃的時候，正好被妳撞見了，我屬下追妳的時候，失手把妳推下了山。妳滾下山時，手串掉了，我們想救妳，但妳雲飛表哥搶先了一步。

「我拿著手串想向妳爹解釋，可妳爹聽到我們要屠村，妳摔下山還和我們有關，當場就和我們決裂了。他不聽我們的解釋，讓我們趕緊滾出山裡，不然就去報官，說完他就氣沖沖地走了。我是浪啟國皇子，絕不能暴露身分，只能什麼都沒收拾就急匆匆離開。但為免瘟疫蔓延，我們離開前還是把和峴村給燒了。離開後的第二天，我就收到消息，說妳爹為治妳的病進牛鼻子深山採藥，發生了意外……」

「滿口謊言！」

葉紅袖、葉黎剛都不信。他這樣說，是把所有的事情都和自己撇得乾乾淨淨。

「我發過誓，在你們葉家人面前從不說一句謊話，這是我對妳爹的承諾。你們仔細想想，若不是我念著你們爹的恩，念著對他的愧疚，我為什麼要開濟世堂，還處處和你們葉家示好？」

拓跋淩的話說到這裡，葉紅袖算是知道他那天在海家說的是什麼意思了。

「那你今晚來是想殺人滅口了？」

葉紅袖看他們都是夜行衣裝扮，還拿刀拿劍，一個個都殺氣騰騰，像是專門來滅口的。

「以我的醫術，我要想滅口需要這麼大費周章嗎？」拓跋淩反問。

「那不是滅口是什麼？」

「今晚是我在中原的最後一晚，但我答應過妳會把她治好，所以臨走前只能這樣冒險。」

拓跋淩無奈地搖了搖頭，他想過無數次瀟灑離開臨水縣的情形，卻沒想到最後會是這樣有些狼狽的情況。

「想就這麼走，不可能！」

連俊傑急忙走過來。這個時候，他已經揣測出拓跋淩的真正身分了，正是浪啟國現在的皇上。

「我拓跋淩要想走，從來就沒有人攔得住。」拓跋淩忽地笑了。

「那就試試！」

連俊傑剛向前邁了兩步，拓跋淩就衝他揮了揮袖子。

半空中，突然漫過一層白色粉末，連俊傑停下，只覺得這粉末的味道嗆得厲害，可才剛反應過來就手腳發軟，倒了下去。

隨後，屋裡的人都跟著一個個手腳發軟地倒下了。

葉紅袖是最後倒下的，只是拓跋淩憐香惜玉，伸手將她扶住了，放在連俊傑的身旁。

這時，他衝自己的手下揮手示意了一下。

那兩個黑衣人急忙轉身，把雜物房的房門撬開了。

拓跋淩進去了後，屋裡很快傳來了櫻桃的慘叫聲，隨後聲音越來越弱，直至沒有。

大約過了半個時辰，拓跋淩從裡頭走了出來，他的手上還沾著血跡。

「你——」

「妳放心，我答應過妳爹，有朝一日有了這世上最好的醫術，定用它來救人，不拿它來害人。我已經給她施針，把受傷地方的瘀血都放出來了，後面的調理照料就全交給妳了。」

「主子，時間已經不早，得趕緊上路了。」

站在拓跋淩身後的黑衣人湊到他面前提醒了一句。

拓跋淩點了點頭，隨後走到葉紅袖面前，蹲下。

「妳爹當年在我面前提的最多的就是妳，說妳如何乖巧可愛，我當時就對妳很好奇，我想像過無數遍妳是什麼樣子的。五年後，我決定回臨水縣，也在腦子裡幻想過無數遍妳長大了是什麼樣的……雖然，和我想的有些偏差，但和妳爹說的倒是不差。」

葉紅袖狠狠衝他翻了個白眼，不想理他。

「既然妳已經長大了，能嫁人了，不如和我一道去浪啟國吧，我讓妳當皇后。」

「滾──」

葉紅袖幾乎是拚盡了全力才重重吐出了這個字。

被呵斥的拓跋淩倒也不惱。

「沒關係，我浪啟國的大門永遠都為你們葉家人敞開，以後，他要是待妳不好，妳再來浪啟國找我，我還讓妳當皇后。」

說完，拓跋淩這才笑著起身。

他領著那兩個黑衣人走到大門口時，突然又回頭朝葉紅袖看了過來。

「不用等陳雲飛了，他回不來了。」

「你什麼意思？」葉紅袖急了，回頭朝他看過去。

這個時候，藥效已經慢慢過去，她能稍微動一動身子。

「他去排場的第二年就出事了，送排的路上遇到大暴雨，當時死了十幾個排場的兄弟，他就在其中。」

「你騙我！」葉紅袖一愣，不相信。

「他的墳就在排場旁邊的山坡上，沒讓人給你們葉家通風報信是他的意思。他去排場半年後曾經偷偷回來過一次，知道連俊傑沒死，知道妳忘了他，他便躲著沒現身。這些妳要是不信，可以親自去那裡看看。」

這些是拓跋浚來臨水縣後特地讓人查的。他一直都記得葉老爹的那句話，他最希望的是一家人齊齊整整、開開心心。

在葉老爹的心裡，陳雲飛就是他的家人。

拓跋浚走了以後，院子、屋裡一下子靜了下來。

約莫過了半刻鐘，眾人身上的藥效都沒了。

葉紅袖起身走到院子裡，呆呆看著掛在天上的彎月。

她想起了那個只會在夢中出現的清俊面孔，他有挺拔的身姿，還有手上虎口處的傷口。

為她賣身的雲飛表哥，對他的印象，她能記得的就只有這些，她突然好難過……

第七十九章

五年後，京城。

大紅色的迎親隊伍絡繹不絕地進了鎮國將軍府，敲鑼打鼓的、吹嗩吶的、抬花轎的……熱鬧非凡。

騎在大白馬上，穿著大紅色喜服的新郎官，臉上少有地露出了笑意，對旁人的恭賀道喜也笑著點頭回應，誰都看得出這個不苟言笑的新任四品府尹，今天是真的高興。

有人高興，卻有人怎麼都高興不起來。

「我能不嫁嗎？」已經梳妝打扮好了的阮覓兒噘嘴看向站在自己身後，挺著大肚子的葉紅袖。

「傻丫頭，十里紅妝，迎親隊伍都到門口了，妳說妳能不嫁嗎？」

「可他是個大騙子！」阮覓兒氣急敗壞地把手裡的喜帕砸在了梳妝檯上。

「二哥怎麼騙妳了？」

「他說會給我選個這個世上最好看、最疼我的人給我當夫婿的，我哪裡知道他這麼不要臉，選的人竟然是他自己！」

阮覓兒小臉漲得通紅，原本她白皙的臉上就搽了胭脂，這會兒紅彤彤的，更說不出有多好看。

五年前，葉家人跟著連俊傑一起來了京城。葉紅袖年底就被連俊傑迫不及待地娶進家門，還以三年抱兩的速度遙遙領先隨後成親的葉常青和楊月紅。

葉黎剛呢，春闈中了狀元，殿試的時候皇上對一表人才的他頗為傾心，當即又一時衝動，有了想要招他為駙馬的念頭。但好在一絲理智將他拉住了，也讓他想起了前車之鑑。

可未等他開口，葉黎剛便主動說要去十里鋪上任。

皇上覺得可行，年輕人需要鍛鍊、磨礪一下身上的銳氣，當即便同意了，並把郝知縣調了回來。於是年初葉黎剛就領著阮覓兒去了十里鋪。

五年後，他因為治理得當，讓十里鋪從鳥不拉屎的窮山溝變成了小康之地，皇上大喜，把他調回了京城。

阮覓兒跟著一同回京，從窮山溝回到京城這樣富庶的繁華之地，她看什麼都稀奇，覺得誰都好看，還一眼就相中了連俊傑新收的將領，有玉面閻羅之稱的容瑕，心心念念著要嫁給他。

三個月前，她及笄了，葉黎剛突然說她可以嫁人了，會親自給她選個讓她心滿意足的夫婿。

她以為他是懂自己心意的，畢竟自己這麼多年都跟在他身邊。

誰知道，今天騎著馬來迎親的竟然是他自己！

阮覓兒覺得自己被騙了，更可氣的是，全家所有人都知道她要嫁的是他，獨獨自己一人被蒙在鼓裡。

「覓兒，妳真不想嫁嗎？」

葉紅袖艱難地在阮覓兒的對面坐下。肚子裡的這個孩子已經七個多月了。

「不嫁啊！二哥太壞了！」阮覓兒低頭。

「妳要真不嫁，那咱們現在就出去悔了這門親事。」葉紅袖去拉她的手，但並未急著起身，而是又開了口。「不過，咱們這樣做的話，二哥肯定會因此成為整個京城的笑話，也無顏面留在這裡。等他走了，妳就清靜了，可以開開心心和那個容瑕在一起。」

「啊？這麼嚴重啊？」

阮覓兒根本沒注意到她後面說的什麼開開心心在一起，只聽到了自己悔婚的嚴重性。

「也可以不嚴重，讓我的貼身丫鬟海棠代替妳也可以。海棠妳是知道的，一直都傾慕二哥的才華，她一定願意的。明年咱們回赤門村祭祖的時候，陪在二哥身邊，懷著他的孩子的可就是海棠，沒妳什麼事了。」

葉紅袖一說完，阮覓兒抬頭看了一眼站在她身後的海棠，臉紅得就像搽了胭脂一樣，眼睛還直勾勾地看著被她砸在梳妝檯上的紅蓋頭。

挺著大肚子的海棠輕輕依偎在二哥的懷裡，二哥體貼地扶著她的腰身……

阮覓兒甩頭，急忙把腦子裡那些可怕的畫面甩掉。

「不行！」她啪一聲，拍了桌子站起來。

她的二哥怎麼能摟著別的女人的身子，還讓別的女人給他生孩子?!

「他是我的！」阮覓兒說完，轉身衝到梳妝檯前把紅蓋頭蓋上。

葉紅袖笑了。小丫頭不用用這樣的激將法，永遠都無法認清自己對二哥是什麼感情。

送了花轎出門後，連俊傑急匆匆地趕了回來，扶住葉紅袖有些臃腫的身子。

「你可真是的，這麼重要的日子不在家，跑去寺廟裡上香，也就二哥不拘小節不介意。」

「覓兒日日夜夜跟在他身邊，在他心裡早就已經是他的人了，這娶親就是走個過場而已。進去吧，外頭風大。」他小心地扶著妻子往府裡走。

「古往今來，哪有大將軍整日往寺廟跑，不求打勝仗，只求保佑生女兒的？你就不怕自己在兄弟面前失了威嚴嗎？」

「他們要笑話就笑話去，我只要菩薩能給咱們一個文靜乖巧又懂事可愛的女兒，不像那幫臭小子，我現在一看到他們三個就腦殼痛。」

提起以金寶為首的三個兒子，連俊傑的眉頭就蹙得厲害，一臉嫌棄。

「當初是誰說想要兒子，多生幾個，將來帶他們上戰場打仗，全都當將軍的？這才多長時間啊，就這麼嫌棄了？」

葉紅袖是怎麼都想不明白，其實那三個小子挺聽話懂事的，怎麼當父親的就這麼嫌棄兒子，剛斷奶就交給了奶娘帶，剛會走路就讓他們學蹲馬步，累了餓了不准哭，三天才能見她一次面。

「兒子有什麼好，一個個的全都是討債鬼！」

連俊傑被葉紅袖問得有些心虛。他可不敢說自己這麼嫌棄自個兒的兒子，是因為聽了軍營一個會算卦的兄弟說，這些兒子裡有一個的命格好像與她有莫大聯繫，像是前世的情感糾葛，今生再有糾纏。

前世沒糾葛完的，那不就是陳雲飛嗎？上輩子沒拐走自己的小媳婦兒，這輩子還打算用這樣的方式靠近自己的小媳婦兒，那怎麼成！

他也不管那人說得有多荒謬，儘管都是自己的兒子，可他還是不願她把過多的情感傾注在他們身上。

在感情方面，他就是這麼霸道。

「我還是喜歡女兒，等咱們的女兒以後長大嫁人了，我百里紅妝給她……不，百里好像有些少了，還是千里吧！也不好，女兒要是去了別人家受欺負怎麼辦？那還是別嫁了，就留在家裡，咱們疼她一輩子……」

兩人說著說著，就走遠了。

——全書完

文創風
804

醫娘好神 3 完

國家圖書館出版品預行編目資料

醫娘好神 / 金夕顏著. --
初版. -- 臺北市 : 狗屋, 2019.11
冊 ; 公分. --（文創風）
ISBN 978-986-509-059-3（第3冊：平裝）. --

857.7　　108016928

著作者	金夕顏
編輯	張蕙芸
校對	黃薇霓
發行所	狗屋出版社有限公司
地址	台北市104中山區龍江路71巷15號1樓
電話	02-2776-5889～0
發行字號	局版台業字845號
法律顧問	蕭雄淋律師
總經銷	知遠文化事業有限公司
電話	02-2664-8800
初版	2019年11月
國際書碼	ISBN-13　978-986-509-059-3

本著作物由雲起書院（http://yunqi.qq.com/）授權出版

定價250元

狗屋劃撥帳號：19001626

網址：love.doghouse.com.tw　E-mail：love@doghouse.com.tw